JOSEPH CONRAD

黑心

Heart of Darkness

著／康拉德　主編／孫述宇　譯／何信勤

康拉德的生平與小說

孫述宇

1

康拉德（Joseph Conrad, 1857-1924）是英國小說家中的佼佼者。著名的批評家李維斯（F. R. Leavis, 1895-1978）把他列在前四名之內，別的論者即使不這麼推崇他，也沒有不認爲他是一流的。然而他本來不是英國人。他是波蘭人，原名Josef Teodor Konrad Nalecy Korzeniowski。

他父母系的家庭都是波蘭農村的士紳貴族，但是國運的影響，他的少年生涯十分坎坷。波蘭在十八世紀末年時給俄羅斯、奧地利、普魯士三國瓜分了，要到二十世紀第一次大戰時方能復國；在十九世紀裡，波蘭的民族情緒非常高漲。比方那位要求一撮波蘭泥土陪葬的「鋼琴詩人」蕭邦（F. Chopin, 1810-1849），便是屬於這時代的。康拉德的父母系家庭，都參與一八六〇年代前後的復國運動，並付出了代價。他的一位舅父曾任一八六二年華沙革命委員會的主席，一位叔父在次年的起義中被害，另一位則遭放逐到西伯利亞。

他的父親阿波羅，一八六二年時也參加祕密的革命活動。他的母親伊芙蓮娜終年都穿著黑色衣服，表示在爲國家服喪。一八六三年時，阿波羅被捕了，判處流放到俄國去，妻子一家都隨行。兩年後，康拉德不過八歲，母親就因肺病死在寒冷的異鄉。父親沒法照料他，便把他送去依舅父和外祖母過日子。不久，父親也生病了，獲准南遷到奧國屬下的波蘭地區居住，父子才又相聚。奧國是瓜分波蘭的三國中最寬仁開明的一國，准許波蘭人使用波文，康拉德這時學習自己民族的語文達到一個程度，終生都不忘記。他父親也做些翻譯工作，把法國的雨果（V. Hugo, 1802-1885）、英國的莎士比亞（W. Shakespeare, 1564-1616）、狄更斯（C. Dickens, 1812-1870）的一些作品，譯成波文。但這時他已經病入膏肓；康拉德晚上自己讀書之後，和父親說了晚安，回房往往是哭到入睡。一八六九年，父親便死了，因他吃過俄人的苦頭，一大群同胞來送殯。

沒有了父母，康拉德就在外祖母與一位貴族的監護之下，由舅父泰迪沃斯（T. Bobrowski）照顧。奧國治下的克拉考市，由於市議會同情他父親的遭遇，特准他居留。他舅父給他安排，由一個大學生教導他讀書。

讀了幾年，旅行幾次之後，他興了航海之念。他的親戚都是大陸農村背景的人，對海洋陌生得很，疑懼之心不能免；舅父常說康拉德父親那邊的人多怪僻，這出海之心又是一明證。康拉德日後自承，從小就愛對著地圖幻想，立志要到那些五顏六色的地方去。結果，在一八七四年，少年人的堅持勝利了，他舅父讓他到法國去。

2

到了法國一年，康拉德就開始他的航海生涯。他的舅父爲他在一家銀行開了個戶頭，這銀行的老闆是個船東，手裡有兩隻船，康拉德就在他的「白山號」上初次出海。這時是一八七五年，他是十八歲。

他航海的初期，似乎很富傳奇色彩。在「白山號」之後，他到這銀行家的另一艘船

「聖安東尼號」上做事，原來這船在中美洲航行時，幹的是軍火走私的勾當。康拉德當然沒有吃虧。他日後得意之作《我們的人》（*Nostromo*）就拿這種事做背景。冒險的事正合年輕人的胃口，據說他離開「聖安東尼號」後，又曾為覬覦西班牙皇位的卡洛斯（Carlos, 1848-1909）運輸武器，直運到有一天，在巡邏船緊追之際，他們的走私船撞毀在一處岩岸上。由於與卡洛斯的人馬來往，他這時戀上一個名叫麗妲的神祕女子。麗妲從一個法國富翁處承受到一筆遺產，生活放蕩，卡洛斯也是她的入幕之賓。她也許只是拿康拉德來玩玩——也許覺得這個矮個子寬肩膀的波蘭青年，頭向前伸，下巴尖長翹起，怪有趣的；但康拉德對愛情認真得很，他衝衝動動的與一個美國人為她而拔槍，結果是受傷入院，讓舅父痛罵了一頓。

這些故事未必是真的；康拉德說往事常是虛虛實實，矛盾也屢見。假使他初時果真如此之浪漫，後來省悟倒也快，自新得很徹底。他轉到英國船上謀生，學英語，幾年間便把英國的船副與船長資格一一考取了。他的同事只記得他那時有一口外國口音，有些奇奇怪怪的氣派，綽號叫作「伯爵」，沒有人記得他有什麼荒唐行為。

他前後在許多船上做過事，走過許多航線，歐洲、非洲、中東、印支、南太平洋、澳洲、中南美都去遍了。這些旅程增廣他的見聞，也磨練他對世界人生的看法。英國是個航海國家，拿航海爲題材的作家，如史蒂文生（R. L. Stevenson, 1850-1894）與吉卜林（R. Kipling, 1865-1936）等，都擁有大量讀者；康拉德日後就拿他的航海生涯積聚到的材料來寫小說。

他小說中的人物與故事，往往是他在航海時所遇的真人真事。比方早在一八八〇年，他跟著「巴勒斯坦號」到曼谷去，那是一艘老舊的船，走得慢，後來更因所載煤斤自燃，船就在大洋上燒毀了。這就是中篇《青年》（*Youth*）的故事，這種不圓滿的結局，誠如敘事者所說，對年輕人的生活與志氣是沒有什麼影響的。過了幾年，他到一艘「水仙花號」上任職，這便是那本《水仙花號上的黑水手》（*The Nigger of the Narcissus*）的背景。

一八八七年，他到「高原森林號」當大副，這船是爪哇線的，船長叫作麥回爾（J. McWhir），日後現身在他的中篇《颱風》（*Typhoon*）裡。其後他轉到另一條船「韋達號」上，行走馬來亞一帶。他在這船上工作不到一年，在馬來走了五轉，卻蒐集了許多寫作的材料。在幾本早期小說中露面的林格（Lingard），本是這裡的一位船長；他的侄子就是詹姆老爺（Lord Jim）；其他如奧邁耶、威廉士、回理等小說人物的真身，也是這時期遇見的。奧邁耶是康拉德頭一本小說的主人翁，真身是個瘋瘋癲癲的荷蘭人，娶了個土女為妻，慾望之大與能力之低恰成對照。康拉德自言，若是沒有遇見這個怪人，也許畢生不興動筆寫作之念。

一八八九年，康拉德到非洲走了一轉，那是很重要的一轉。先是他離開了東方，回到歐洲，一面動手寫頭一本小說《奧邁耶的癡夢》（*Almayer's Folly*），一邊等候俄國當局批准他入英籍——因為他是俄屬波蘭人，若未得允許擅自歸化他國，將來回波蘭探親便有麻煩。俄政府辦事很慢，他等候時，須有工作以資餬口。這時，比利時皇利奧普二世（**Leopold II，1835-1909**）設有「國際開化非洲協會」，康拉德少年時曾立志到剛果一行，於是請親戚代為設法，謀得一份剛果河船的差事。那時在非洲旅行是很苦的，又不能一路乘船，要在不毛之地徒步跋涉數十日，中間還會染上疫症。還沒有來到目的地，船已沉了，撈起來再慢慢修繕，他沒事好做，就跟人另乘一船去救公司的一位職員克拉恩（**Klein**）。在這段路程中，歐洲人以開化為名所施的種種暴行，種種的掠奪、奴役、折磨、殺戮，他都目睹了。他把這些事實記在日記裡，後來更寫成一個中篇，那就是有名的《黑心》（*Heart of Darkness*），書中的庫爾茲（**Kurtz**）就是克拉恩的化身（德文**klein**是「小」，**kurtz**是「短」）。康拉德在旅途中又遇見一個愛爾蘭人凱斯門特（**R. Casement**），這人日後受到榮封，再後又被絞死，康拉德把他寫成《羅曼斯》

（*Romance*）一書中的奧白賴恩（O'Brien）。

從非洲回來，康拉德還航了幾年的海。他駕過一艘「佗侖斯號」，是艘快速帆船，從英國駛到澳洲有很好的速度紀錄，而且外觀俊美，使他很滿意。康拉德的時代，輪船已日漸興起，但他不甚瞧得起這種新玩意兒，只賞識那些很需要氣力與技術、也很考驗人的意志的帆船，「佗侖斯號」的乘客中有一位年輕人是高斯華綏（J. Galsworthy, 1867-1933），康拉德與他在途中結交，友情終生不渝。這高斯華綏日後在文壇成大名。船上另一位年輕乘客叫傑克斯（W. H. Jacques），剛從劍橋畢業，前往澳洲，抵達不久就得病死了。他在文學方面涉獵很廣，康拉德把《奧邁耶的癡夢》初稿給他看，然後怯怯地問他有何意見；他很簡單地回說，這值得出版。康拉德雖已看過許多書——波蘭的文學、俄國的小說、雨果、莎士比亞、古柏（J. F. Cooper, 1789-1851）等等——但迄今少與文化界人士晤談，傑克斯這位飽讀詩書的大學生說了這句話，對他實有決定性的影響。

3

一八九四年，康拉德開始在英國定居，並在文學方面謀求出路。兩年後，他結了婚，娶的潔絲・喬治小姐（Jessie George），是一位英國書商的女兒。兩人的年紀相差頗大，但婚姻美滿；潔絲女士後來還寫了康拉德的傳記。他們生下兩個男孩。除了到南歐住過一段時期，晚年又回波蘭一趟之外，他們一家人一直住在英國。

康拉德的寫作生涯，可說是相當順利。本來，他決定以文字維生，可說是大膽到近乎魯莽，因爲他生長在波蘭，現在在英國寫小說，就是用第二語文來創作，這是很少有人做成功的事；加以他又是海員出身，沒有受過什麼正式的文學教育。不過，誠如他的傳記作者常說，他航海已有二十年，足跡遍天下，人生經驗與見聞已是用之不竭的材料。而且他的運氣不錯，常常得到幫助——用占卜的話來說，是命裡有「貴人」。他的頭一本稿子《奧邁耶的癡夢》，在上陸地定居那年送到翁溫（Unwin）書局去，馬上便蒙採納印行。審閱稿本的人是嘉涅特（E. Garnett, 1868-1937），他巨眼識人，日後與康拉德做了朋友；他的妻子是康絲坦・嘉涅特（Constance Garnett, 1862-1946），也是文壇知名人物，專譯俄國小說。康拉德在「佗侖斯號」上結識的乘客高斯華綏，對他也大有助力。高斯華綏的家境很好，本是學法律的，但轉而投身文學，中年之後在小說與戲劇方面都成了大名，後來更獲頒諾貝爾文學獎。他是個恬淡的人，不愛熱鬧，與康拉德交誼極好，康拉德有時就住在他家寫作。別的文壇翹楚，如詹姆斯（H. James, 1843-1916）、吉卜林、本奈特（A. Bennett, 1867-1931）、各斯（E. Gosse, 1849-1928）、克萊恩（S. Crane, 1871-1900）等人，都賞識康拉德，先後與他來往。他的作品印出來或是在刊物上面世時，有識之士很快就給予好評。他又找到一位平克斯（J. B. Pinkers）爲他辦理事務，出版取酬諸事都不必煩心，而稿件也從不受退還的冷遇。

他的筆動得很勤快。他需要收入以維家計，也知道自己開始得比較晚。他的處女作付梓之時，已經是三十七歲的人，在這年紀，許多作家早已大有成績。他寫得很拚命：《奧邁耶的癡夢》完成的次年，他拿這小說中的人物（以奧邁耶的丈人林格船長爲中心）寫了《海隅逐客》（*An Outcast of the Islands*），而這第二本墨瀋未乾，又已動筆寫林格的第三部曲《拯救》（*The Rescue*）。這第三本寫得不甚順利，要到二十年後方能完成，但他把稿丟在一旁之際，很快速又寫了《水仙花號上的黑水手》，在一八九七年出版。早一年，他結了婚度蜜月時，旅途中也還在寫短篇；一八九八年，長子出生時，短篇集*Tales of Unrest*也殺青了。接著，由他筆下那位著名的「說話人」馬洛（Marlow）講述的中篇《青年》完成了，在《黑林》（*Blackwood*）雜誌刊出。他動手寫《詹姆老爺》，前後寫了一年多；但這書未成，先寫就有名的中篇《黑心》。這時他開始與福特（Ford Madox Ford, 1873-1939，初時名叫Hueffer）合作，先後完成了《繼承者》（*The

Inheritors）與《羅曼斯》兩本。到了一九〇三年，他同時著手寫《海鏡》（*Mirror of the Sea*）與《我們的人》兩書。後者是他最賣力的一本作品，前後寫了三年；他對友人形容工作的艱辛，喻之爲「與神搏鬥」（《舊約．創世記》中的故事）。

我們剛才說他的寫作生涯是一帆風順，但後人的觀感與當事人自己的心情每每是很不同的。他在這頭十年裡，常向朋友訴苦。他早在航海時就有痛風症上了身，這病頻頻發作，影響他的工作。他的錢也不夠用；像《黑心》這樣的中篇，日後成爲經典之作，選到各種選集中，也給大詩人艾略特（T. S. Eliot, 1888-1965）引進詩裡，但在出版時賺不到幾十鎊的稿費。福特說他常常擔心妻兒會淪爲餓殍；他也曾請朋友代爲設法覓個職位，再度放洋。有一回他告訴嘉涅特說，自己是既窮又病，年歲也不小了，幸而還有心情寫作。雖說文壇人士對他都予好評，但有些作品，他寄予厚望的，卻不甚受歡迎。他的《海鏡》很受揄揚，但他自己以爲很了不起的《我們的人》卻受到冷淡的待遇，雖然後世的評論家大致都同意他自己的評價，許之爲他的代表作。他寫作認真，從不作媚眾之想，然而一直都相信廣大讀者群的心是打得動的，只要作品寫得好。這點信心也使他一再失望痛苦。

在他寫作的第二個十年間，日子漸漸好過。他依次寫了四個長篇，即《特務》（*The*

Secret Agent, 1906）、《在西方的眼睛下》（*Under Western Eyes*, 1910）、《機會》（*Chance*, 1912）、《勝利》（*Victory*, 1914）。這些小說與早些時的作品略有不同：早時的作品可以稱爲海洋小說，講的若不是航海，便是西歐人在海外地區的活動——所謂「海外」，是從西歐的觀點而言，即是指南太平洋、中南美洲、非洲等地方；但現在這些小說，也講到歐洲人的革命與地下活動，背景是倫敦、聖彼得堡這些大都會。他還想以地中海爲背景寫一篇，又想講拿破崙（Napoleno I, 1769-1821）。吳爾夫女士（V. Woolf, 1882-1941）認爲康拉德最具特色的作品是早時的海洋小說，這個判斷，大多數的批評家都無異議；大家都相信，他最能流傳下去的，是《我們的人》、《詹姆老爺》與《勝利》（雖不屬早期之作，但也是海洋小說，講一個瑞典人在荷屬印尼一帶的生涯）等長篇，以及《黑心》、《颱風》、《青年》等中篇。不過，成就與報酬往往是不一致的，康拉德第二個十年間的經濟狀況比從前好得多。美國的市場由《機會》打開了，紐約那邊的出版商人肯預付巨酬來請他寫稿。他隨便寫一個短篇，就得到當初《黑心》十倍的收入。他不再憂窮了。

在這以後，他寫了《陰影線》（*The Shadow Line*）、《金箭》（*The Arrow of Gold*）和《流浪者》（*The Rover*）。林格船長的第三部曲《拯救》也終於修改完成，但是那本拿破崙小說*Suspense*卻完成不了。他也像老朋友高斯華綏一樣，想在劇院裡一顯身手，不過成績並不出色。他還寫下些回憶性的文章。

他這時名氣很大，在小說界享譽之隆，只有稍早時的哈代（T. Hardy, 1840-1928）比得過。一次大戰前夕，當年曾特准他居留的波蘭城市克拉考，邀請他回去遊覽，他高高興興的去了，但甫抵達，奧國下令動員，他目睹戰事發生，幾乎回不了英國。他對這場戰事頗爲關懷，因爲他祖英惡德之故。他年事日高，服役是不能了，就爲英國海軍部寫文章來激勵人心。

戰後，在一九二二年，出版商爲他安排訪美，朗誦自己的作品。他從《勝利》中選些章節來讀，大受聽眾歡迎，恍若當年的狄更斯。英國皇室敬重他的成就，有意頒發爵位給他，他辭謝了。一九二四年，他買了一所新居以娛晚景，可是未曾遷入，健康情形已不好了，不久終因心臟病發而逝，時年六十六歲。

4

康拉德的小說，是男性的讀物，最適宜的讀者是壯年的男子。比方浪漫愛情的描寫，在小說中就很少。在處女作《奧邁耶的癡夢》裡，我們看得到兩個異國情鴛如何划著獨木舟到小島林間去私會，如何裹在繽紛的落英與濃得發膩的香氣裡，後來又如何因另一個女子的私戀而幾乎遇險等等；但這種內容很快就沒有了，就如他本人雖然也曾鬧過戀愛，也曾賭博醉酒，可是收斂起來是很快的。典型的康拉德小說，借用《水滸傳》的話來形容，所講的都是男子漢的豪傑事務。評論家常說他不善寫女性。當然，他筆下也有不少女人，但她們就像《水滸》中的女人一般，本身不是寫作的重要目的，只是拿來引出與襯出漢子們的胸懷而已。康拉德的人物是很真實的，比梁山人物真實得多。梁山上的英雄挾著一身超凡武功，在江湖上盡做痛快的事；康拉德的漢子卻是奮鬥與吃虧的時候多，成功得意的時候少，讀者常見他們挨打得臉青唇腫，甚至變成古古怪怪的畸人。他們面對的是個無情的世界，在汪洋大海上，在狂風暴雨中，在利慾薰心爾虞我詐的人間，應付危險與屈辱，也應付自己的恐懼、慾望、責任等等難題。這是認真的壯年漢子才願意看的材料。

說到頭來，康拉德是個很不浪漫的人。他很能自律，工作時很專注。我們初時會以為他是個浪漫派，因為他自言曾為戀愛而與人決鬥，又曾為暴亂份子偷運軍火。即使這些故事不足信，但他出身內陸農業社會，卻不顧親友反對而去航海，也似乎很表現出浪漫派那種「對遠方異國的懷戀」。可是在另一方面，他早在二十多歲的書信裡，已經對「歐洲貧民窟裡醞釀出來」的革命理論抱有強烈反感。浪漫派全是喜歡革命的，革命都應許一些美麗的遠景；康拉德卻不愛幻想。他自己最看重的小說是《我們的人》，在這書中他把一些中美洲的革命份子寫得很不堪，他們膚淺愚昧，滿腦子虛幻的理想都是從二三流的通俗文學作品裡來的。甚至那個叫作《我們的人》的隊長，好一條漢子，天生的民眾領袖，他會在人群的喝采聲中把銀扣子扯下來拋給他的情婦，諸如此類，可是要他長久看守一批銀子，他就辦不到，因爲他的力量只是一種虛榮之心，到頭來這阻擋不住物慾。與他們相反的是一個英國的商行職員，蠢蠢的（諢名叫作「傻卓」），一點想像力也沒有，可是他有他的信條，這使那些革命黨也爲之吃驚而敬佩。理性主義者都會同意，感情是不可放縱的，應受理性駕馭；康拉德更強調對事情的認真，凡事都須當一回事來做。這大抵與航海經驗和海員心態有關，海員是實幹的人，他們曉得若要航過風濤，須有技術與氣力，能沉著與堅忍，幻想是沒有用的，感情也不濟事，自然規律不饒過你。

這種務實而傾向於保守的心態，與他選擇國籍之事，可以互相印證。他拋棄波蘭國籍，歸化了英國。脫離波籍本來無可厚非，因爲波蘭已被三國瓜分，保留著波籍，他便是俄國臣屬，而他痛恨俄國；可是他終生對於波蘭的民族運動似乎並不熱心，他爲英國做的事比爲波蘭多得多。這與當時的許多波蘭知識份子及藝術家大異其趣，加以他的雙親與父母系家庭又還是爲國做了大犧牲的人，他之置身事外實在令人詫異。因此有人以爲他有犯罪感。此外，爲了要逃出帝俄牢籠，英國並不是唯一的選擇；比方說，他當年離開波蘭後先到的是法國，爲什麼不設法入法籍呢？

他實在是喜歡英國。他對英國的風土人情，可謂無一不愛，而且比一般英人更要喜愛。他自己說在十多歲旅行到阿爾卑斯山時，第一次見到一個英國人，在冷峭的空氣中臉頰發紅，短褲長襪間露出一截雪白的腿，這個民族，他一下子就愛上了。這種回憶是否很能保留當時的感覺，姑且不論，但英國人保守務實，這肯定能得他歡心。與英人相比，法人富想像與浪漫氣質，比較愛走極端，愛革命，這些都不投他所好，所以他選英不選法，恐不是純粹機緣使然。至謂背棄祖國，當然很不應該，但這也許是由於他厭惡暴亂，而波蘭復國運動似乎總不離那些路子。也許他少年時眼睜睜的看著雙親先後在異國酷寒之地給癆病折磨至死，覺得已經受夠了。他的悲觀是很顯然的。

他有他的種族偏見，我們不必爲他隱瞞。他痛恨俄人，不喜德人，而熱愛英人。當然，他的經驗與我們中國人的經驗很不相同：我們記得鴉片戰爭，記得英軍一再侵華，他的祖國卻是俄普奧瓜分的，不干英國的事。我們亞洲人從被統治的下層所看見的英國殖民者的僞善，他不會看得很清楚。他知道英國人在統治外國人，但他覺得英國人做得不錯，他的小說裡的英國統治比荷蘭、葡萄牙的統治要好，比之比利時在剛果的統治——他的《黑心》的背景——更是文明得多。他是個白人，白人的偏見自是難免，看見白人騎在亞洲人頭上，也不會很難堪。他愛的是秩序，是把事情切切實實地做好，他的英雄是沒有夢想的；他會覺得一個有效率的政府，一些清潔的城市，豐饒的農村與暢通的貿易，比民主自由更有意義，因此殖民地不一定是壞事。他的白人立場是很清楚的，在他的異域小說中，主角都是歐洲人，勝利與光榮固然是他們的，挫敗、屈辱、痛苦與悲劇也是他們的特權。亞洲人好像是另外一種生物，他們好像也有些長處，他們氣力不缺，又沒有歐洲人那些文明缺點，可是他們要不就是很簡單，比動物好不到那裡，要不就是神祕不可解的。他許多小說裡都有中國人，這些人尤其詭譎古怪；比方說吧，馬來土人還會到蘇祿海上做海盜，他們卻只幹高利貸與賣鴉片的營生，或是在帳房裡從早到晚數錢幣。其實中國人且不說那些披荊斬棘的創業工作，就是海盜又何嘗不會做？馬尼拉不是幾乎給一個中國海盜攻下來了嗎？他在《奧邁耶的癡夢》的〈前言〉中很開明地指出，「蠻荒」的人也有血有肉，可是他其實從沒有很努力去了解他們，站在他們的立場來寫故事。

但我們不是爲了種族偏見來看康拉德的；我們要看的是他筆下具有普遍性的人性，以及他表現人性的藝術。

5

康拉德的小說頗不易讀。他寫得費力，我們也讀得費力。從閱讀的難度而言，這些也可稱爲壯年人的小說。

首先是文字艱難。康拉德寫英文是個有趣的題目；他的母語是波蘭語，英語連他的第一外語都算不上，他是先接觸了法語才接觸英語的。他的朋友記得他起初說英語時，外國口音濃重得很。他選擇英語來寫作，是因爲他立心以英國爲家。他寫作是很吃力的，常說是逐個字絞腦汁。

可是他寫出的英文卻非常好。所謂非常好，不是說「在外國人中可謂難得」，而是比一般英國人好，甚至比英國作家尤勝。勝在有氣力，有深度，能打動人心。有人用演奏來形容他的寫作，因爲他寫起來，有如一位獨奏家在表演，不管你是否確切了解他的意思，也許他的話就像音樂一般，並無客觀而與事實緊密相應的意義可把握，但他說得這麼美妙動人，這麼有氣勢，你早就折服了。還有人批評他時，說他善玩文字魔術，藉此掩蓋內容缺乏之處。總言之，他寫出的英文是非母語的奇蹟。他自言自己師法的是一些英國海員，他們言必有物，不說廢話。這恐怕還是說得太簡單了；他初時也許跟海員學過話，但他寫作時對文字的態度肯定不像海員。他是個文字藝術家。海員只不過言之有物；文字藝術家卻是要把語文拚命驅策，迫使做許多日常所不做的事情。

康拉德的東西難讀，最主要的原因還在他對小說藝術的關注。他是文字藝術家，更是小說藝術家。想把小說寫好是許許多多小說家的共同願望，因此，對小說藝術的關心本不限於某一時代與某一地方；不過，把技巧的地位置得很高，把很多精神貫注其上，有意識研究改良，這種風氣是十九世紀的事，領袖是那位英籍的美國小說家亨利．詹姆斯。康拉德與詹姆斯是同時的人，兩人寫出的東西很不相像——詹姆斯寫的是在上流社會走動的人，康拉德寫的是中下流的居多——但在追求技藝方面是同道，兩人互相敬重。

兩人對於小說藝術也頗有共通的結論。最突出的是在敘述方法方面，大家都很看重故事由誰來講，以及怎麼講出來的問題。故事由誰來講的問題，詹姆斯稱之爲「觀點」（Point-of-view），他最不高興的是由一個無所不知的說書人來把故事糟蹋掉。他的故事，或是由故事中人之一來講，即使是由一個局外的說書人來講，講時的所知所見也似是有限度的，這便是他主張的「受到限制的觀點」。康拉德的作法也差不多。比方說，他的許多海洋故事都是由航海老手馬洛講的，馬洛在講親身見聞，而且是當時感受，這樣，故事不僅真實，而且有迫切感，有當事人臨事時的惶惑與震恐。馬洛本人的感受與評論，除了表現他自己的性格與心理，還能夠引出故事的各種意義。

康拉德渴望把故事中每一場景的娛人動人力量都發揮盡致——所謂要擠盡最後一滴「戲劇性」。一件事情，他常要寫幾個不同的面相。因此，他敘事的方法很奇怪。他很少把一個故事老老實實從頭說下來的，反而是從尾倒溯的時候爲多。人家形容他講故事，好像向前走了一步，向後就退兩步，結果路程都是反身走完的。有時，爲了「擠取戲劇性」，他還不只是向後倒敘，而是講完又講，同一個人或是幾個人講，重重複複，忽前忽後。他的故事的時序常常會傷讀者腦筋，他的句子也相應而複雜，動向忽前忽後，常常還會是團團轉的，嚇壞了外國讀者，更害苦了翻譯的人。

但如果我們不怕艱難，埋頭下去，就會讀到一位公認的世界一流小說家，可以欣賞到極其認真的藝術。

第一章

奈麗號遊艇的帆片文風不動，下碇後，船盪直了就停下來。潮水在漲，風幾乎完全靜息，船是要向下游去的，這時便只好停下來靜待潮退。

泰晤士河入海之處，在我們眼前展現，像一條茫茫無盡的水路。洋面上水天一色，相接無痕；平底貨船順潮漂上，染色的帆在朦朧發光的天際好像動也不動，聚成一堆堆尖尖的紅帆布，布上漆光閃閃。低平的兩岸在遠方沒入海中，岸上積著一層霧靄。葛拉弗申那邊的上空一片陰暗，在更遠處好像結成一團抑鬱的濃黑，靜靜地籠罩著世上最大最了不起的城市。

船長就是公司的總裁，他作東招待這次敘會。他站在船頭望向海面，我們四人看著他的背影，心中充滿親切之情。整條河上，沒有一樣東西有他一半那麼多的航海感。他像個領港，對海員而言，這種人簡直是可靠的化身。真難明白為什麼他不在這朦朧發亮的河口工作，而卻在他背後那暗沉沉的地方任事。

我也曾在別處說過，海洋把我們連結一起。它不僅使我們長期分離時仍能同心一志，還令大家肯聽彼此的故事——連信念都肯聽。那位律師——與人最合得來的老夥伴——因為年高德劭，取了甲板上獨一無二的軟墊，而且躺在僅有的一塊地毯上。那會計師早已拿出副骨牌，正在堆砌把玩。馬洛交起雙腿坐在船尾右邊，倚著後桅。他雙頰下陷，黃色皮膚，背脊挺直，一副修道苦行的樣子，加上他又低垂雙臂，掌心朝外，看起來就和尊神像差不多。總裁見船泊定了，於是來到船尾，和大家坐在一起。我們懶洋洋談了幾句，接著船上便一片沉寂了。不知為了什麼，大家都沒去搓牌。我們陷入了沉思的心境，除了凝神靜觀之外，不想做別的事。這一天就在寧謐和秀麗之中靜靜消逝。河水柔光映照；天空沒半點烏黑，只見無際一片純淨無瑕的慈祥光輝；埃塞色沼澤之上的薄霧，有如一疋發亮的輕紗，從內陸遍植樹木的高岡披將下來，飄然摺疊在河岸低地上。可是，西面上游之處暮色蒼然，愈晚愈顯陰沉，彷彿惱怪太陽逼近。

最後，太陽拐了個彎，不覺間落了下來，耀目的白光化成了晦暗的紅色，不再散發光芒，也失去了熱力，好像立時就要熄滅，好像那層籠罩著人群的黑暗一接觸就把它弄死了。

水面立時起了變化，寧靜之間沒有了先前的燦爛感覺，但卻顯得更加深邃。這條古老大河的寬闊河段，在白日將盡的時分，靜默地躺下來休息。多少年來，它一直惠澤兩岸的居民，這兩岸靜靜夾著一道尊貴的水路，通向世界最遠的角落。我們觀看這條可敬的河流，並非憑著此往彼來短短一天中的晚霞豔照，而是憑著威嚴的往事回憶之光。事實上，對一個懷著虔敬和眷愛之心「跟海過日子」的人來說，要在泰晤士河下游發思古之幽情是最容易不過的。河中潮水漲退往還，永無休止，把無數的人和船隻送返家園休息，或是送出海洋搏鬥。這條河熟悉國家所有的英雄人物，並且替他們出過力。自佛朗西斯·德里克爵士起，以至約翰·富蘭克林爵士①，無論有沒有受封，都是英雄好漢——

①兩人都是英國有名的航海家。德里克（Sir Francis Drake, 1540-1596）是十六世紀英女皇伊莉莎白時代的人，曾於一五七七年駕著下文提到的金鹿號（The Golden Hind）環繞世界，壯舉完成後，女皇親自登船封他爲爵士。他是英國的海上功臣，也是典型的冒險家，當時英國爲了打擊西班牙，曾令民船武裝劫掠西班牙的船隻，他便是這種叫作Privateering的御准海盜行徑的要角。一五八八年，英國擊潰西班牙龐大的無敵艦隊，他也出了大力。一五九六年他領軍遠征西班牙在西印度群島的屬地，死在途中。

海洋上了不起的遊俠。這條河也浮載過那些了不起的船隻，它們的聲名，在歷史的黑夜裡，有如明珠般閃耀著，像那金鹿號，它回航時圓形的船身盛滿寶藏，日後因女皇登船視察了，便不再製造英雄故事；還有那黃泉號和恐怖號，銜命做別種征討——這都是一去不返了。那些船，那些人，這河都認識。有冒險家，有移民；有帝王的船，有商人的船；有船長、將軍、做東方買賣的黑「私梟」，以及身負任命的東印度船隊「將官」——他們出發的地點是疊福、格林尼治或者伊力斯。不論是找尋黃金，或是追逐名譽，他們全都由這條河啓程，佩著劍，往往更持著火炬，出使宣揚一己國力的威強，要把聖火傳送遠方。自古以來的盛事，沒有一件不順著退潮，漂到外面神祕的地方去……人類的夢想、聯邦的種籽、帝國的幼芽，一概源自這條河流。

太陽落了；暮色降落河面，岸邊開始亮了燈光。那座靠三根支柱豎立泥灘之上的卓普曼燈塔，照得挺亮。船隻的燈光在航道上移動——一大團光點上上下下，令人眼花撩

富蘭克林（Sir John Franklin, 1786-1847）是十八至十九世紀的人，出身海軍，曾參與數場著名海戰，因功績升爲將官，中年之後則多從事加拿大和北極的探險工作。一八四五年，他率領下文提到的黃泉號（The Erebus）與恐怖號（The Terror）兩艦，探索北極圈內連接太平大西兩洋的水道，次年船陷冰中，終於喪生極地。

亂。西面較遠處的上游地方，那巨魔般都市的所在，天空中依然有著不祥的標誌：日照之時沉鬱幽暗，星光之下卻是一片慘紅。

馬洛突然開口，「這裡也曾是一片黑暗的地方。」

馬洛是我們當中唯一仍然「跟海過日子」的人。如果一定要找缺點，只可說他沒有他所屬那群人的特徵。馬洛是個海員，而一般海員過的生活，可以稱得上平靜安定，唯獨他到處流浪。海員所有的是住家人的心理：他們的家——船，與他們不離；他們的家鄉——海，也是一樣。每條船都大同小異；海，始終是老樣子。他們周圍的事物既然永恆不變，於是那些外域的鄉邦、異族的容顏、人生的無限變化，都一一在記憶中靜悄悄溜走。這一切上頭並沒有蓋一層神祕感，有的只是海員的無知，以及一點不屑的心理；因爲他們的心目中，捨海洋以外，根本再沒有什麼神祕的東西。海，控制著海員的生死，就像天命般不可知。此外，他可以在工餘之暇走到岸上散散步，或者隨便縱飲一醉，便已足夠揭開整個大陸的祕密；一般而論，他覺得這種祕密其實也不值一顧。海員講的故事最簡單不過，所有的意思，全可包容在一個軋破的胡桃殼裡②。然而馬洛與別人不同

② 英語中「放在個胡桃殼裡」（in a nutshell），是「把話說得最簡單」或「一言以蔽之」的意思。現

（除了喜歡講故事這種嗜好之外），對他來說，一件軼聞的意義並不像果仁般在殼內，而是在殼外，把故事圍攏起來。故事把含義引帶出來的情形，就如光芒映出周圍的煙霧，好像有時候月亮陰暗的光度映照出一個模糊的光暈。

他的話沒有令人驚詫。這是馬洛的一貫作風嘛。他那句話，在座的人靜靜地聽了，哼也懶得哼一聲。他接著慢條斯理的說——

「我正想起遠古的時候，那時羅馬人初來這裡，是一千九百年前的事了——像幾天前一樣……自此以後，這條河便有了光——你說騎士嗎③？是的；不過那就像平原上一片燒過去的火焰，像雲霞裡電光一閃。我們生活在閃光的瞬間——但願這光像地那麼久，天那麼長——可是昨天這裡卻漆黑一片。試想地中海上一艘——你叫它做什麼？——三層座戰船的司令官，突然奉命北行，匆匆忙忙趕陸路跑過高盧人的地區，去指揮一艘戰船。假若我們相信文獻所載，從前那些羅馬兵——一定是了不起的工匠——花一兩個

在康拉德說海員故事的含義都可放在一個軋破的胡桃殼裡，意味這些故事不但說得最簡單，而且一無隱蔽。

③ 馬洛說泰晤士河有了光，意味羅馬人把文明帶到英國來了。他說到這裡，大抵聽眾中有人便聯想到羅馬或其後中世紀的騎士。「騎士」（knight）與「光明」（light）及光明反面的「黑夜」（night）幾個字的英語語音都頗相像。

月工夫，便整百整百地建出這種戰船來。你想想當時他來到這裡了——處於世界的盡頭，海像鉛一般的顏色，天色如火煙，那種約莫像手風琴那麼堅固的船——沿這條河溯游而上，或載著給養，或銜負命令，或是什麼的。盡是沙洲、沼澤、森林、野人——沒幾種食物合文明人的胃口，渴了只有泰晤士河的河水。這裡沒有義大利葡萄酒，又不可以上岸。一個個軍營各處紮起，在荒野之中，就如幼針跌落草堆，消失無蹤——嚴寒刺骨、煙霧迷離、狂風暴雨、瘴癘、離鄉背井、歸西——死亡隱藏在空氣中、在水裡、在叢林間。在這個地方，那些軍士定必一批一批的送命，就像蒼蠅似的。噢，是了——他終於成功。他的確做得很出色，而且也沒有仔細思量，充其量事後夸夸其談，講講當年勇而已。他們是敢於面對黑暗的漢子。也許這個軍官沒有沮喪，是因為他一心想著，只要不在這種氣候中送了命，在羅馬的朋友幫點忙，他不久就可以升到在拉凡拿的艦隊中任職了。再不然，想像來者是一個穿著袍褂的正派年輕人——你知道啦，可以因為嗜賭之故——跟隨某位行政長官、稅吏，甚至商販來到這裡，希望轉轉運氣。他在沼澤登岸，穿過樹林，到達某個內陸營地，他感到四周緊緊包圍的都是荒蠻原始，完全未經開化——那種在樹林、莽叢，以及野蠻人心中躍動著的說不出的原始生命。沒有人教導他這一些不可解的事物。他要在這個不可解而且討厭的地方生活下去。不過，這個環境也具有一種足以左右他所作所爲的魅力，一種由深惡痛絕而來的魅力——你懂了，想想那日甚一日的懊悔、渴望著逃亡、厭惡但無能爲力、屈服、憎恨。」

他頓了頓。

「要知道，」他繼續說。他伸起了一隻前臂，掌心向前，襯上交繞身前的雙腳，姿態和佛陀說經差不多，就只差穿了西服和缺少一枝蓮花——「要知道，我們誰都不會真正有這種感受。免我們吃苦的是效率——是努力增高的效率。不過當時這群傢伙卻實在算不了什麼。他們沒有殖民地政策；我疑心他們的統治只是壓搾，除此再沒有什麼政策可言。他們是征服者，而征服只需暴力——有力也無足誇耀，因爲湊巧別人軟弱無力，你才可算是有力量。只爲了可取的東西，他們肆意奪取。那簡直是橫蠻搶掠、冷血大屠殺，而他們卻盲目爲之——盲目做黑暗的事，倒也是對的。所謂征服地球，大都時不過指從一群膚色與我們不同，或鼻子較我們扁一點的人那裡把土地搶過來；如果看得太過深入，便會發覺那根本不是件值得稱頌的事。給這種暴行贖罪的，只有理念一物——一種支持這些所作所爲的理念；並非虛情假意，是理念；而且要對這理念懷著大公無私的虔信之心——一種你能夠豎立起來的、向它跪拜、甘願獻上犧牲的東西……」

他突然住了口。河上火光流動，細小的綠光、紅光、白光，互相追逐、超前、聚合、穿插——然後或緩或急的分開。夜漸深沉，這個大城市的交通就在徹夜不眠的河面上運行。我們觀看著，耐心的等候——潮水未退，沒有什麼可做；不過，靜默了一段長時間後，他又再開口，吞吞吐吐的說，「我想你們記得，我曾經走過一陣子內河。」於此我們就料到，在潮退之前，我們注定又要恭聽馬洛一段沒有結局的經歷了。

「我不想拿我個人的經歷來騷擾各位，」他打開話匣子，頭一句話便顯出了許多說故事人的弱點，那就是往往不知道聽眾最愛聽些什麼；「不過，要明白這件事對我的影響，你得知道我怎樣到那裡去，看到了些什麼，以及如何溯河而上，到達我初遇那可憐蟲的地方。那是航程的最遠一地，也是我最珍貴的經歷。這件事總好像把我周遭的一切事物都照亮了——甚至照亮了我的思想。事情也是挺黑暗的——而且可憐——沒有一點特別——又模模糊糊的。是了，模模糊糊。儘管這樣，卻又能照亮事物，助人了解。

「你們也記得，當時我剛過了六年左右的航海生涯，走了許多轉的印度洋、太平洋、中國海——東方航線的常到之地。我返回倫敦到處閒逛，打擾你們工作，又造訪唐突，活像有大道理要傳化給你們。這樣耽一陣子倒很不錯，可是過了不久，我閒厭了。於是我開始找艘船——我以爲那是天下間最苦的工了。然而沒有一艘船肯瞧我一眼。於是我連這種玩意兒也煩了。

「回想童年時，我非常喜歡地圖。我會一連幾個小時盯著南美洲、非洲、澳洲，幻想探險的種種榮耀，自我陶醉。當時地球上還有許多空白的地方，一旦有一處空白地方特別吸引（其實所有空白處都非常吸引），我便會用手指按住這地方說，我長大了一定要到這裡去。我記得北極就是其中一處。唉，我還沒到過那裡呢，現在也不想去了。吸引力沒有了。其餘的空白地方則散布在赤道附近和兩半球的各種緯度上。有一些我去過，而且……唉，我們不談那個吧。但還有一處——最大的，也可說是最空白的——使我眷戀不已。

「當然，這個地方當時已經不再是空白一片。自我童年以後，這地方不斷添上河呀、湖呀和不少地名。它已不是一片神祕的引人入勝的空白土地——令一個小男孩異常嚮往的一片空白。它已變成了一處黑暗的地方。不過，你在地圖特別可以看到，那地方有一條河，一條非常大的河，像一條碩大無朋的蛇伸展全身，蛇頭枕海，蛇身蜿蜒躺在廣闊的土地上，尾巴消失在內陸深處。記得我望著商店櫥窗內一幅這地方的地圖時，它把我的心神懾住，就像蛇懾住了鳥一般——一隻不知天高地厚的小鳥。跟著我記得有一家大商行，一家經管那條河貿易的公司。去他的！我想，他們若然沒有船，根本就不能在那條大河做生意——汽船！爲什麼我不去試試做艘汽船的船長？我沿著艦隊街走，總擺不脫那念頭。那條蛇把我迷住了。

「你知道，那是家歐洲商行，不過我有許多親戚住在歐洲，他們說住歐洲便宜，況且住起來比看起來好。

「說來慚愧，我於是騷擾起親戚來。這在我來說，已經算是改弦易轍了；你們知道，我從前並不常使這種手段來達到目的。我一向自己動腦筋，靠自己雙腿，走自己的路。我竟真的做了，幾乎連自己也不相信；不過，嗯——你懂不懂——我覺得不管用什麼方法，也定要到那兒去。於是我去煩擾他們了。那些男人說一句『老兄』就算了。後來——信不信由你——我轉而去求那些女人。我，堂堂的查理．馬洛，要運動女人——幫忙找份差事。老天啊！沒辦法嘛，那心思驅動我這樣做。我有個姑母，是個挺熱心的人。她寫信給我說：『我很樂意幫你忙，什麼事都成。你有個崇高的抱負。我認識那商行一位要員的太太，還有一位很有影響力的先生也是我的朋友。』她說了很多這一類的話。如果我想做個內河汽船船長，她立了心無所不用其極地替我張羅。

「當然，我得到了那份差事，而且得來很快。看來公司早接到了消息，知道其中一位船長因與土人爭吵喪生。我的機會來了，我由是更迫不及待要啓程。不知多少個月之後，我在爲那位船長收骸骨時，才知道那場爭吵起於誤會，關乎的是幾隻母雞；不錯，兩隻黑母雞。弗雷士利文——那傢伙的名字，是個丹麥佬——自忖在買賣中吃了點虧，於是上岸拿棍子拚命拷打那村長。噢，我聽了一點都不覺得奇怪，雖然人家還說弗雷士利文是世間最溫文閑靜的人。他沒錯是個這樣的人，不過你要知道，他已經去到那裡負起高貴的使命好幾年了，而最後大概覺得多少要顯示點自尊吧。他因此毫不容情的拷打那個黑老頭。當時圍滿了一大群村民，全驚呆了；最後有個人——聽說是村長的兒子——受不了那老頭的慘號，隨便用矛戳了戳那白人——在肩胛之間，不用說自然輕易穿入。這時，全村的人都逃到森林去，以為大禍將臨；另一方面，弗雷士利文所管的那艘汽船也急忙開走，我想是輪機長接手指揮吧。事後，到我來當船長之前，似乎一直沒有人怎麼理會弗雷士利文的遺體。我畢竟不能袖手不管；不過，等到我終有機會見到他時，這位前任船長肋骨間的野草已長得蓋過骨頭了。全副骨殖完整無缺的留在那裡。這神人自從倒下之後，一直沒受打擾。同時，那整條村卻空寂無人，荒廢的茅房黑沉沉地洞開，倒塌的籬牆裡是一團糟，確實是經歷過一種災劫。人走光了，他們由於悸怖四散竄逃，男人、女人、小孩，全都穿過叢莽走了，自此再沒有回來。至於那些母雞後來怎麼樣，我也不知道。大概總是落入進步力量之手了吧。不管怎樣吧，這齣鬧劇給我製造了一個職位，是我始料不及的。

我像瘋了一般四處奔走準備，不到四十八小時，我已經在橫渡英法海峽途中，去和雇主見面，跟他們簽訂合同。沒幾個小時我便到了，到了一個總使我覺得是一座白色墳墓的城市。當然這只是個偏見。我不費吹灰之力找到公司的所在。那是全市最大的建築物，我碰見的人對它都很熟悉。公司準備建立一個海外大帝國，做生意賺大錢。

「我走到一條非常陰暗、狹窄、沒有行人的街道，兩邊大廈林立，數不清的窗戶都落下了軟百葉簾，四周死寂一片，石罅之間長出了新綠，左右兩旁都是寬敞的行車拱廊，一道道高大笨重的雙扇門半開著。我從其中一道門縫間溜了進去，登上一趟樓梯，一趟打掃過但沒有粉飾的樓梯，那兒乾得就像沙漠一樣。我看見第一扇門便推而進入。裡面有兩個女人，一肥一瘦，坐在草墊的椅上，正在編織黑毛線。瘦女人站起向我直走來——垂著眼皮繼續織毛線——我正想讓路給她，那情形就像讓路給一個夢遊人，她卻突然站定，抬起頭來。她穿著的衣裙，款色就和雨傘面般簡單。她轉過身，一言不發的領我到候見室。我道出姓名後，便四周打量。房間中央放著一張松木檯，牆邊擺滿簡樸的椅子。一塊牆上掛著一幅耀目的大地圖，上面畫得七彩繽紛。許多紅色——紅色是一種宜人的顏色，因為凡塗著它之處，就表示有人在那裡真正做過些事；藍色也多，少許綠色，幾塊橙色。東岸上有一團紫色，表示那是進步力量的拓荒人痛飲清啤酒的地方。不過，我並不是要到這些地方去。我要到黃色那一處，地圖下中央那塊土地。那條河就在該處——充滿魅力——絕不饒人——像一條蛇。喔！一道門推開來，一個白髮蒼蒼祕書型的人伸進頭來，卻擺出一副悲天憫人的表情，接著以瘦嶙嶙的食指召我進那聖堂去。裡面燈光黯淡，很笨重的寫字桌坐落中央。一個身穿禮服大衣、臉色蒼白的胖子坐在寫字桌之後。他，就是那位大人物。我猜他有五呎六吋高，他掌握著億萬人的命運。我還記得，他好像和我握了握手，含糊的說了些話，並讚我的法語說得不錯。**Bon Voyàge**（一路順風）。

「約莫四十五秒之後，我又與那位富有同情心的祕書在候見室裡了。他帶著滿臉的淒涼和憐憫，請我簽了些文件。文件上大概註明我需要遵守一些規定，其中一項是不得洩漏業務祕密。好吧，我就不洩漏吧。

「我漸漸覺得有點兒不自在。你知道我向來不慣應付這一類典禮儀式，況且當時的氣氛好像有些不祥，我就像窺見了人家的一件陰謀詭計——我不知道該怎麼說——總之有點不大對勁；走出了候見室，我才舒了一口氣。外面房間那兩個女人正在急急的編織黑毛線；訪客陸續來到，那個年輕的領他們進去，進進出出跑個不停。老的一個坐在椅子上，平底布便鞋豎在腳爐之上，膝上靜躺著一隻貓。她頭上戴了頂白色漿硬的東西，一邊面頰有顆肉贅，鼻尖架著副銀框眼鏡。她自眼鏡之上瞄我，那道閃快而漠然的眼神令我忐忑不安。這時候兩名傻兮兮但興高采烈的年輕人給領進去，她同樣向他們投以有著睿智但卻漠不關心的一瞥。她好像洞悉他們的一切，而且對我的事也一清二楚，使我感到膽戰心驚。她好像說不出的奇怪而且不吉利。到了那遙遠的地方，我常常記起這兩個女人，她們守衛著黑暗之門，以黑絨線織做著東西，好像想用來鋪墊棺槨以保暖；一個司引領之職，不斷引領別人到不可知之處；另一個則用那洞悉世情的雙眼，冷然打量著那些欣喜的傻臉孔。**Ave**（萬歲）！編織毛線的老傢伙！**Morituri te Salutant**（快要去死的人向你致敬）！她打量過的人，沒幾個有機會再看見她——一半都沒有，還少許多許多。

「我還要去見見醫生。那祕書以一種很爲我分憂的語氣安慰我說：『只不過是例行手續而已。』接著一個小伙子不知從樓上那兒鑽了出來，他的帽子蓋過左邊眼眉。我猜他是個文員吧——雖然這幢建築物寂靜得如在死城之中，但公司總該有些文員的——他走來給我帶路。這個年輕人襤褸而不修邊幅，外套袖子沾了點點墨水漬，闊大的領帶皺成波紋，掛在形如舊皮靴頭的下巴之下。看醫生時間尙早，我便提議先去喝點東西，這使他愉悅起來。我們坐下來喝苦艾酒，一杯在手，他便滔滔暢論公司的生意如何了不起；但過了一會，我漫不經意的問他自己又何以不往那裡去闖闖，他頓時變得十分冷靜，並且正起容色。『柏拉圖對弟子說，我其實並不如外表那麼蠢。』他咬文嚼字，說完時一口氣把酒乾掉，於是我們離座而去。

「那老醫生把我的脈，但卻顯然心不在焉。他喃喃地說：『好，很適合那兒。』接著又急急的問我可否讓他量量我的頭顱。我覺得頗爲奇怪，但仍然答應了他，他當時已經拿出了個像是兩腳規的東西，然後前前後後的量遍我整個頭顱，又仔細的把尺寸記下來。老醫生是個小個子，沒刮鬍鬚，身穿破舊的闊長袍，足登便鞋，我猜他是個心腸不壞的呆子。他說：『爲了科學研究，我往往請那些要去那兒的人，讓我量量他們的頭蓋骨。』我問道：『他們回來時，你又再量量嗎？』他答說：『我再也見不到他們了。況且，變化是裡面的事，是嗎？』他笑了笑，好像開了個小玩笑似的。『那麼你是準備去那裡的啦？好極了。也很有趣的呢。』他把我打量一下，又再記下點東西。『你家裡有沒有人患過精神病？』他以一種實事求是的語氣問我。我很不高興。『這個問題也是爲了科學研究嗎？』他完全不覺我已經發怒，『從科學觀點來看，當場觀察個人的內心變化很有意思，不過……』『你是精神病醫生嗎？』我打斷他的話。『每個醫生多多少少都應該是，』這個怪人文風不動地回答說：『我有個小小的理論，需要你們諸位到那裡去的先生幫我實驗。我的祖國擁有這大片屬土，獲益無算，做這個實驗就算是我應得的一份利益；其他金銀財帛，讓其他人分享好了。我的問題或有冒犯的地方，請你多多包涵，但因爲你是接受我檢驗的第一位英國人……』我急忙告訴他我完全沒有代表性。『如果我是個典型的英國人，』我說：『我便不會這樣子和你說話了。』『你的說法很有深意，』他笑著回答道：『不過也許不大正確。記著，不要那麼容易發怒，曬曬太陽倒沒關係。Adieu（別了），英語怎樣說？嗯？Good-bye，別了。在熱帶地方，最要緊是保持冷靜……』他用食指做了一個警告手勢……『Du calme, du calme（要冷靜）。Adieu（別了）！』④。

「最後還有一件事要辦——向我那位了不起的姑母道別。我見她一副得意洋洋的樣子。她給我倒了杯茶——此後我很久再喝不到這樣好的茶了——她的客廳寧謐舒適，完全與一位太太的身分相稱。我們坐在壁爐之旁細談了很久，言談間，我得悉她曾在那位大人物的夫人面前替我說好話，又向不知多少人數說我的優點，把我形容爲一個才氣逾常、不可多得的人——得到我爲雇員是公司的大幸。天哪！我卻給派去指揮一艘破汽

---

④ 西洋人分手時，如打算不久再相見的，會說「再見」——法人說Au revoir，德人說Auf widersehen。這個醫生說的是「別了」（Adieu），表示他不打算再見到馬洛了。

船，船上只有一根破汽笛！不過，看來我還算是一位『工作人員』，那種『工作人員』，你明白的啦，就像是文明的密使，地位稍低的使徒。那時候，報章和人們閒談時都以此爲話題，而我這位姑母大人正處身於謊話連篇的浪潮中，被種種宣傳沖昏了腦。她不斷提及『把千千萬萬愚民從迷途惡道裡拯救出來』。噯呀，聽得我滿身不自在。我斗膽向她說，公司的目的怕只是爲了利潤。

「『親愛的查理，你可忘了，做工的人應該得到報酬。』她興高采烈的說。唉，女人之不明真相確是匪夷所思。她們有自己的一個世界，那是別處所無、別處所不能及的世界。那太美麗了，一旦擺起來，當天日落之前便會粉碎無存——被該死的現實摧毀，而我們男人自天地初開以來，便一直安安分分與這該死的現實共存。

「她其後把我擁在懷裡，又叮囑我要穿法蘭絨衣服，勤寫信，諸如此類。然後我便告辭。去到街上——不知是什麼原因——我突然有種奇怪的感覺，覺得自己是個騙子。在過往，只須預先二十四小時通知，要我到世界任何角落，我都會毫不猶豫的整裝出發，比普通人過馬路所費的心思還少；但很奇怪，對著這樁小事情，我竟然有一陣子——或者算不上遲疑，但至少也是錯愕。這很難說得明白，我充其量只能這樣解釋：在那短短一兩秒之內，我覺得好像不是要到一個大陸的中央，而是要到地球的核心去。

「我乘一艘法國輪船啓程，輪船在那一帶每個鬼港口都停上一停，依我看，爲的是讓一些兵士和稅務員吏登岸罷了。我一直在看海岸。船開行時注視慢慢溜後的海岸，那感覺就如猜謎一樣：它就擺放在你的眼前——或淺笑，或蹙眉，或相招，或雄偉，或卑賤，或死氣沉沉，或野蠻原始，但總是默默無語而又好像向你低聲說道：來吧，來找答案吧。可是眼前這個海岸卻沒有半點特別，彷彿還在成形階段，只現出一臉冷漠無情。這處是大森林的邊緣，墨綠得近乎黑色，沿岸一片浪湧的白沫，宛如一條用尺畫的直線，沿著藍色的海岸伸展至茫茫遠方，海面躍動的反光，卻給緩緩飄至的薄霧弄得模糊一片。太陽很猛，陸地好像給水蒸氣弄得溼漉漉發亮，淌滴著點點汗水。白色的岸邊浪湧之內，一處處的簇聚著灰白色的斑點，頭頂上也許還飄著面旗幟！殖民已經有好幾個世紀了，但在這一片處女大地的背景上，這種拓殖的範圍仍然如針頭般細小。我們破浪前進，停停下來，放下些兵士；繼續前進，放下些稅務員，讓他們在那個活像鬼也不要的荒野裡徵稅，鋅鐵皮屋、旗竿，全部消失在荒野之中；再放下些兵士，大概是去護衛那些稅務員吧。聽說他們有些在海濱淹死了，但是淹不淹死，似乎都沒有誰特別關注。他們只不過被扔到那兒罷了，放下他們後，我們便繼續向前航行。日復一日，海岸始終是老樣子，好像我們根本沒有動過；不過我們卻經過了不少地方——都是交易的地方——

像大巴森、小普普等，地名就像在一張不乾不淨的布帳前演些齷齪鬧劇時所用的一樣。我如一個過客那麼無聊，孤零零獨處於一群與之無從交通的人之中，海水是油膩膩而懶洋洋的，海岸盡是一片黯淡，這一切一切都似乎阻礙我了解事情的真相，使我折騰在愁苦而毫無意義的幻象裡。岸邊的浪聲不時傳送過來，十分宜人，就像是兄弟的話語，這種聲音很自然，有它的道理，也有它的意義。小艇間歇自海岸駛至，使輪船上的乘客得以和現實短暫接觸。艇子由黑人划行，從老遠便可以見到他們的眼白微微發光。他們叫著、唱著；身上淌滴著汗水；臉孔像些古怪的面具──這些傢伙！然而他們有血有肉，有野性的活力，有強烈的運動衝勁，好比沿岸的海浪那麼自然，那麼純真。他們生在那裡，無需什麼藉詞。看著他們，心裡便大感舒泰。有一陣子我覺得仍然生活在一個坦率無欺的世界裡；不過這種感覺很快便消失了，給一些東西驅散了。我記得有一回遇見一艘軍艦，離岸停泊著。岸上連間茅屋也沒有，但軍艦卻向叢林開炮。似乎法國人在那裡也有仗打。艦旗無力低垂，像塊破布；六吋口徑的長炮炮口在低下的艦身周圍伸出；油膩汙穢的浪濤懶洋洋地把軍艦拋上放下，艦上的幼桅桿搖來盪去。天、地、海水構成茫茫無盡的一片空白，而軍艦就在那裡，莫名其妙的，向著大陸開火。『砰！』一門六吋口徑的大炮便響起來；一小團火光射出、散去，一小陣白煙稍現即逝，一顆小炮彈低聲呼嘯——然後便沒事了。根本就不會有什麼事的。這是一種有乖常理的舉動，使人興起悲哀莫名的滑稽感；雖然船上有人鄭重的告訴我，說肯定有群土人藏匿在叢林某處——土人就是他所謂的敵人！——可是我那悲哀的滑稽感依然散不了。

「我們給那軍艦送了信後（聽說那艘孤零零的船平均每天有三個人死於熱病），便繼續航行。我們又到了一些地方，地名都可笑，那些地方又寂靜又充滿泥土氣味，有如炙熱的地下墓穴，死亡和貿易就在這環境下興奮地舞動。一切都沿著洶湧浪濤包圍住、沒有特別形狀的海岸發生，好像上天不希望外人闖進來；一條條的河是生命中的死亡之流，河岸腐爛成汙流，河水凝成漿，彎彎曲曲的紅樹繁衍到河流內外，好像在絕望無力的境地向著我們痛苦地扳來扳去。我們在每處都只稍作停留，沒有時間取得什麼特別的印象，但我心裡逐漸起了一種模糊而難以忍受的驚詫，就像疲憊的朝聖者在旅途中被夢魘的陰影籠罩一樣。

「過了三十多天，我才看見那大河的河口。我們的船泊在政府所在對開的海面。不過，我工作的地點卻在大約兩百哩之外，於是我趕快啓程，溯游而上，前赴三十哩遠的一處地方。

「我坐在一艘小型的遠洋汽輪。船長是個瑞典人，因爲知道我是個海員，便邀我一同到船橋。他是個白白的年輕人，身材瘦削，脾氣怪怪的，頭髮幼而長，走起路來總是拖著腳。我們離開那破爛的小碼頭的時候，他對著海岸把頭揚一下，一副不屑的樣子。『在那邊住過嗎？』他問。我說，『是的。』『這些政府人員都很了不起——不是嗎？』他繼續說，英語說得非常標準，可是語帶尖酸。『真好笑，有些人爲了一個月幾個法郎，什麼也肯幹。真不知道他們到了上游會怎麼樣？』我告訴他我很快會看到了。『真——的！』他驚訝地叫起來。他拖著腳走偏了一些，一雙眼睛緊盯著前頭，說下去，『別說得太準了。前些時我載的一個人在路途上便上吊了。他跟我一樣，也是瑞典人。』『上吊自殺！老天爺，爲了什麼呢？』我嚷道。他仍然小心盯著前面。『誰知道啊？太陽太吃不消了吧，那地方吃不消也說不定。』

「最後我們到了一個河岬。一個石崖現出來，岸邊一堆堆翻起的泥土，山上有些屋子；在一大片開掘過的土地中和斜坡上，又有一些鐵皮頂的房屋。在這有人居住的荒涼之地上方，湍灘流水的響聲不絕於耳。許多人，大都是黑人，裸著身子，像螞蟻般走來走去。一個碼頭突進河裡。炫目的太陽不時驟現強光，把這一切景象掩過。『這就是你公司的站頭了，』那瑞典人指著岩石坡上三個像營房的木板房子說：『我會替你把東西送上去。四箱東西是嗎？好了，再見吧。』

「我看到有個鍋爐翻倒在草叢裡，接著找到一條登山的小徑。小徑迂迴，避過些大石頭，跟著繞過一輛小型的鐵路卡車，那車仰天翻轉，一個輪子脫掉，就像具動物的屍骸那樣了無生機。沿途另有許多破爛的機器，又有堆生鏽的鐵軌。左面的樹叢聚成一小片濃蔭，有些黑色的東西好像在微微蠕動。我眨了眨眼，小徑實在陡峭。右面響起號角聲，接著聽見一群黑人奔跑。一聲低沉的爆炸巨響震得地動山搖，石崖那邊冒出一股煙，然後一切歸於沉靜。那個山岩的表面半點也沒改變。他們正在修築一條鐵路。石崖並沒有攔著路，也沒有對工程有什麼影響，但這樣漫無目的地爆石頭卻是唯一進行著的工作。

「背後輕輕響起金屬碰撞的叮叮聲，我於是轉過頭。六個黑人一個跟著一個，正在吃力的沿著小徑走上來。他們挺直身子慢慢走，頭上頂著盛滿泥土的小筐，金屬碰撞之聲和著他們的步伐。他們的腰纏了塊黑色的破布，布尾就像尾巴般在背後來回晃動。他們的一條條肋骨我都看得見，他們四肢的關節就像繩結一樣；每個黑人的頸項都套了個鐵環，一條鎖鏈把所有鐵環連起來，而鎖鏈的鐵圈子在黑人之間碰撞，有韻律地發出聲響。石崖那邊又傳來一聲爆炸聲，我忽然想起那艘向大陸炮轟的軍艦。兩者都同樣是不祥的聲響；不過無論想像力如何豐富，這些人都稱不上敵人。他們被稱爲罪犯，而那些殘酷的律法——一種來自海上的不可解之謎——就如炮彈般落在他們身上。他們瘦削的胸膛一同喘氣，猛然擴張的鼻孔發顫，眼睛則呆望山上。他們離我不過六吋擦肩而過，竟然沒望我一眼，只現出一副野蠻人受苦的樣子，一種完全的、死亡般的冷漠。在這一群野蠻人之後是一個已受教化的黑人，他就是這些起作用的新力量之產物了，橫握著根來福槍，垂頭喪氣的踱上來。他穿件掉了顆鈕扣的制服，看見小徑上有個白人，急忙把長槍提到肩膊上。這是以防萬一，白人的樣子總是差不多，隔著一段距離，他說不準我是誰。但他很快便安心了，接著咧開大嘴，展露滿口白牙齒，給我一個無賴樣子的笑容，同時又向他所押送的人投下一瞥。他予我以這樣崇高的信任，似乎已把我當作同夥了。事實上，在這些高貴正義的行動中，我也算得上是那偉大的理想的一部分。

「我不再向上走，轉身向左下山，希望在上山之前不要再看到那批被鏈鎖著的人。你知道，我並非特別軟心腸；我也曾被迫去攻擊、去抵禦。我有時不得不抵抗，有時還只好不計代價的攻擊——攻擊只是抵抗的一種方法——因為既然已經胡亂選擇了一種生活，便得照著那種生活的需求來行事。我見過殘暴的鬼、貪婪的鬼、肆慾的鬼；不過，說老實話，那些是強壯有力、紅眼睛的魔鬼，他們支配著、驅策著的也是漢子——男子漢呢！可是，當我站在這個山坡時，我預見到在那片陽光炫目的大地上，我會結識到一個有氣無力的、虛假的、兩眼昏花的魔鬼，幹著貪得無厭、殘酷無良的傻事。這個魔鬼又是如何陰險狡詐呢？我只有在幾個月後，在千里以外才看得見了。有一陣子我像受到了警告，嚇壞了似的，呆呆地站著，最後我還是走下山，斜斜的朝著先前看見的樹叢走去。

「我繞過山坡上一個人家掘成的大洞，掘洞的目的何在，我便不知道了。總之，那不是個採石場，也不是個採沙坑，僅僅是個空洞而已。我真猜不透，或許是有人發了慈悲，下令挖個大洞，好使囚犯有點事情做吧。就在這個時候，我險些兒掉進一道非常狹窄的溝壑裡——窄得只像山坡上的一道疤痕。我看見很多建屋開路所需的外國進口渠管扔在那兒，每一條都是破爛的，遭人隨意毀壞了。最後我走到樹下，原想散散步，可是頃刻之間，我發覺好像闖進了煉獄裡。樹叢中沒半點聲息，葉子凝固不動，只有附近湍灘發出連綿不絕的、單調的、急湧著的流水聲，使它平添一種神祕莫測的聲響——好像地球的轉動突然發出聲來了。

「黑色的形體在樹叢裡或蹲或臥，或坐在樹間，或倚著樹幹，或貼伏地面，在黯淡的光線下半露半隱，盡是痛苦、見棄、絕望的模樣。石崖上又響起了爆炸聲，接著腳下的泥土輕輕震動一下。工作仍然在進行，那件大事業啊！而這裡就是一些工人的葬身之所！

「顯而易見，他們正慢慢死去。他們不是敵人，也不是罪犯，他們現在已不屬於這個世界——只是疾病和飢餓的黑影，亂七八糟躺在綠色的濃蔭裡。他們本來是沿岸各個偏僻村落的人，簽了合法的定期契約之後，便給帶到陌生的環境工作，配給的都是不慣吃的食物，他們病倒了，不可以繼續工作，然後才獲准爬開來休息。這些奄奄一息的形體閒得像空氣一般——也幾乎和空氣一樣薄。我漸漸看得見樹下那些眼睛映出來的微光，這時信目向下一瞥，看見我手旁有一張臉孔。整副黑骨頭傾側著，以一邊肩膊斜靠著樹身，眼皮緩緩張開，深陷的雙眼慢慢朝上來看我。眼睛巨大而空洞，眼球深處閃出一點兒黯淡的白光，慢慢又消失了。那個人看起來很年輕——幾乎是個孩童——不過你也知道，他們的年齡實在難辨。我不知如何是好，順手從口袋裡拿出塊餅乾給他——那是從那位瑞典的好船長的汽輪上取來的。那人的手指慢慢合攏，把餅乾拿住——沒有別的動作，也沒有多望上一眼。他的頸脖上縛了一小根白毛線——縛來做什麼呢？那裡得到的毛線呢？是個標記？裝飾物？符咒？戴來贖罪？這根毛線究竟有沒有任何意義？一根來自海外的白線繞在他黝黑的脖子上，任誰看了也會吃驚。

「那一棵樹旁還有兩堆瘦骨頭，縮起雙腿坐著。一個下巴支著膝蓋，茫然凝視前方，樣子令人又難受又害怕；他幽靈般的兄弟把前額承放在膝蓋上，好像疲乏得虛脫過去；

其他的人東一個西一個，現出種種畸形的倒垮姿態，整個景象就有如一幅大屠殺或瘟疫的圖畫。我驚愕不已的站定，其中一個可憐蟲用雙手和膝蓋撐起身子，匍匐爬向河邊喝水。他用單手取水來舔，然後在陽光之下坐直，交起雙腿，過了一會，便任由亂髮蓬鬆的頭顱垂落胸骨之上。

「我不願再在樹蔭下徘徊，急步向那貿易站走去。走近那些建築物的時候，我碰見一位白人，他的衣著出奇地講究，使我一時之間還以爲他是個幻影。我看到漿直了的高衣領、白色的袖口、輕便的羊駝毛外套、雪白的長褲、潔淨的領帶，以及擦得發亮的皮靴。他沒戴帽子，頭髮分開兩邊，是梳理過的，而且加了頭油；白皙肥大的手掌握住把綠紋陽傘，撐在頭頂之上。他的外表很特別，耳朵後面還挾著支筆桿。

「我和這位奇人握了握手，得悉他是公司的會計主任，而公司的一切帳目都是在這貿易站做的。他說他出來走一會，『想吸口新鮮空氣』。那句話令人想到平平靜靜的文牘生涯，聽起來古怪得很妙。本來我是不會向你提到那傢伙的，只不過從他的口中，我第一次聽到那個人的名字——我每憶起那段時候便浮現在我腦海的那個人。此外，我其實也很敬佩那傢伙。不錯，我敬佩他的衣領、他闊大的袖口、他梳理整齊的頭髮。他的樣子當然像個理髮師的模特兒，但是，在這個士氣淪喪的地方，他外表仍然似模似樣，那便真是有骨頭。他漿直的衣領和襯衣胸口的花邊，都是性格方面的成就。他到那裡快有三年了；過了一會，我禁不住問他用什麼方法保持衣著光鮮。他微微的紅了臉，有點不好意思的說：『我在貿易站附近選了一個土著婦人，一直教她怎樣洗熨。不過那可不是件易事，她從前很煩這些工作。』由此看來，這個人的確有點成就。此外，他又專心打理會計事務，帳項編列得井井有條。

「除了這位會計主任外，貿易站的一切東西都凌亂不堪——人啦、物件啦、房屋啦，沒一樣有秩序。一群群滿身灰塵的黑人，踏著八字腳進進出出；一批批的製成品、垃圾似的棉花、串珠和銅線運往黑沉沉的內陸，換回來一點點的象牙。

「我得要在貿易站等候十天——好一段了無盡期的日子。我住進貿易站堆置院子的一所茅屋，不過有時候怕了那嘈雜混亂的環境，我會躲到那會計主任的辦公室裡。辦公室用木板橫排釘成，不過裝嵌得很粗陋，每當他俯身在那高高的寫字桌時，自頸至踵便排滿了細細的一橫橫陽光。若要看看外面，根本用不著打開窗板。室內也很熱，大蒼蠅像惡魔似的嗡嗡亂響，向人重重戳刺，不肯輕叮。我通常都坐在地上，而他則打扮得無懈可擊的（甚至灑上少許香水）坐在張高凳上；不停的寫東西。偶爾他也站起來舒舒筋骨。辦公室裡有個病人（一個由內陸送來患了病的主任）躺在輪床上，他為此有些微怨言。『這個病人呻吟，』他說，『使我不能集中精神。在這種氣候裡，精神稍微鬆懈便很容易寫錯東西。』

「有一天，他頭也沒抬起來便說：『到了內陸，你一定會遇見庫爾茲先生。』我問庫爾茲先生是誰，他說是位第一流的主任，他見我聽後現出失望的表情，於是放下了筆，慢吞吞的補充一句，『他是個非常了不起的人。』我再問了些問題，由是得知庫爾茲先生目前主管一個分站，那是個十分重要的分站，位處真正的象牙產區，『坐落那邊的極深處，運送回來的象牙總數是其他各地的總和……』他說完後又繼續寫東西。那個病人辛苦得沒有力氣再呻吟，蒼蠅在寂靜中嗡嗡作響。

「忽然之間，外面傳來愈來愈響的談話聲，又有一陣沉重的腳步聲。原來是一隊運輸隊來到，在板牆外面爆起一片聒耳的粗話。所有的腳夫都同時講話，在喧鬧之中，那分站主任一次又一次聲淚俱下似地喊叫『別嚷了』……會計主任慢慢的站起來。『吵得這麼厲害，』他說。他輕步走過辦公室的另一邊去看看那病人，折回來時對我說，『他聽不見了。』『什麼！死了？』我驚愕的問道。『不，還沒有死，』他沉著地回答。繼而他把頭一仰，話題轉到院子的喧囂，『如果你有些帳目要好好做，你真恨那些野蠻人——恨得他們要死。』他沉思了一會兒。『你見到庫爾茲先生時，請替我轉告這裡的一切——』他望了望寫字桌，『——都很不錯。我不喜歡寫信到中央貿易站給他——我們那些信差把信亂送亂扔。』他凸出的雙眼柔和地凝望我一會。『噢，他會升遷得很高，很高，』他又開口說：『他不久便會是公司行政部門的要員了。他們，上頭那些人——歐洲那個董事會，你知道啦——打算拔擢他。』

「他又做起事來。外面的嘈雜聲消失了，過了一會兒，我走出辦公室，在門口處停下來。蒼蠅嗡聲不絕，那個準備回鄉的主任滿臉通紅，毫無知覺的躺臥；室內的另一個人躬身對著帳簿，一絲不苟地登記一些極之正當的交易；站在門階向山下望去，我見到五十呎以外那死亡叢林上面文風不動的樹頂。

「我終於在翌日離開貿易站，帶著一隊六十人的搬運隊，徒步跋涉到二百哩外的目的地。

「旅途的情況，多講也無謂了。小路山徑，到處都是小路山徑⑤；荒地上滿是由人

⑤ 原文是Paths, paths, everywhere，熟悉英國文學的讀者會想起柯立茲（S. T. Coleridge, 1772-1834）有名的《老水手之歌》（*Rimes of the Ancient Mariner*）中"Water, water, everywhere"之句。詩中的老水手因爲犯了無辜殺戮白鳥之罪，陷身困境，四面都是水而無一滴可飲。《黑心》中白人的情況也相似，他們犯了貪婪欺騙之罪，所以雖然遍地都是小徑，卻無出路。

踐踏出來的小路山徑。山徑通過長長的野草、劃過燒焦的草地、穿過叢林、攀越陰寒的山谷、登上炙熱的嶙峋山頭；到處荒蕪，荒蕪一片，沒有人跡，連間茅屋也不見。居民老早就走光了。嗯，你試想一下，假如有一大群不知從何而來的黑鬼，配備各式各樣殺人武器，突然在第爾和格雷夫仙之間的公路上走來走去，到處拉夫替他們當苦力，那裡的農莊村舍大概也很快會杳無人跡。所不同者，只是這裡連房屋都沒有了。不過我其後也經過幾條荒廢了的村子，那些草編的牆垣頹倒時，透著一種惹人憐憫的稚氣。日復一日，六十雙赤足在我身後踩踏著、拖曳著，每雙赤足之上都承擔著六十磅的負荷。紮營、煮食、睡覺、拔營、前進。不時看到個腳夫的屍骸，倒在路旁野草叢中，身旁伴著個空空的盛水葫蘆和一根長擔桿。四野和空際是一大片寂靜。也許在一個寧靜的夜晚，遠方會傳來陣陣鼓聲，時而漸沉，時而漸高，是一種廣闊而微不可聞的震盪；聲音離奇怪誕，很動人，有所啓示，且充滿野性——其中意義或許有如耶穌教國家裡的教堂鐘聲那麼深邃。有一回我們遇見個穿了制服卻沒有搭上鈕扣的白人，他在路上紮營，有一隊高瘦條子桑斯巴人武裝衛隊隨從著。他殷勤好客，絮絮不休——酒氣沖天更不待言。他說到那裡維修道路。事實上，我只見過一個中年黑人的屍體，額上有個子彈洞，嚇得我跌跌撞撞地走了三哩路，除非這也算是一種一勞永逸的改進吧，不然便真說不出曾見過什麼『道路』和『維修』。我也有位白人作伴，他的人不壞，只是略嫌過胖，而最令人嘔氣的，就是每走到既遠離樹蔭又沒有水的炙熱山坡時，他便會暈倒。試想，老要把自己的上衣像傘子般撐在他的頭上待他醒轉，那樣子多麼麻煩。我忍不住問了他究竟爲什麼來到那兒。『當然是爲賺錢啦，你說是爲什麼？』他不屑地回答。他後來得了熱病，要人用一根長木桿掛起吊床抬著走。由於他的人有十六呩重⑥，弄得我和那些腳夫吵個沒完。他們又是不肯前進，又是逃跑，又是在夜裡帶著貨物溜掉——簡直是造反了。於是，我在一個晚上，用英語，再加上手勢，清清楚楚的向面前那六十個人講了一番話。第二天早上，我讓那吊床在前頭起程，沒有問題，但一小時後，我走到一個矮叢處，只見一團糟——人、吊床、呻吟之聲、毛氈，要命，那根大木桿把他可憐的鼻子的皮都去了。他很想我找個人殺殺，但周圍連個腳夫的影子都找不著。我記起那老醫生的話——『從科學觀點來看，當場觀察個人的內心變化很有意思。』我覺得自己已逐漸成爲有意思的科學研究對象。不過，這一切根本毫無目的。到了第十五天，我又看見那條大河，於是蹣跚地走進那個中央貿易站。它位於一處死水之上，四周是灌叢和樹林，一面圍著好一道惡臭的

⑥ 一呩（stone）是十四磅，即是說那人重二百二十四磅。

泥淖，另外三面都是燈心草的欄柵圍著。所謂閘門其實只是個殘破缺口；只須看上那地方一眼，自然知道主持人就是那個有氣無力的魔鬼。幾個房子裡鑽出些沒精打彩的白人，手裡拿著長棍子，慢慢的迎上來看我，然後退回不知那裡去。有個蓄著黑鬍子、又矮胖又衝動的傢伙走來，一待我自我介紹完畢，便連忙滔滔不絕而且横加枝節的告訴我，說我的汽船已經沉了。我聽了如青天霹靂。怎麼回事？怎樣弄成那樣子？什麼緣故？噢，這『不要緊的』，『經理本人』當時也在那裡。一切都十分正常。『每個人都表現得很漂亮！漂亮極了！』——『你一定要，』他激動地說，『立刻去見總經理，他等著你。』

「我沒有立時看出沉船事件的真正意義。我想現在看出來了，但仍然不敢肯定——一點也不敢肯定。分析起來，若說那件事純粹意外，無疑太愚昧，可是……不過當時那件事本身只像是一件討厭的麻煩事。汽船是弄沉的。兩天之前，他們匆匆忙忙的起程駛往上游，經理也在船上，有個人自動請纓掌舵，出發後不滿三小時，便把船底在石頭上擦掉，船在南岸附近沉沒。我問自己，現在船都已經沉了，我還在那裡幹什麼？其實，我得要花很多工夫，方能把我的船從河底撈上來，而且第二天便須著手進行。打撈工作，加上把船的殘骸拖回貿易站修理，總共花了幾個月。

「我和那經理初會面，情形很古怪。那天早上我走了二十哩路，但也竟然沒請我坐下。他的膚色、輪廓、舉止、聲調都很平凡。他身材中等，體格普通；眼睛是一般的藍色，但可以說異常的冷漠，而目光能夠像斧頭般鋒利而沉重的落在別人身上。不過，即使是那樣子盯著別人時，他別的表情動作似乎表示並無此意。除此之外，只有他的兩唇現出一種難以形容的模糊表情，有時候是偷偷的現出來——一種笑容——不是笑容——我記得了，但解釋不來。這笑容是沒有意識的，但在他剛說完話後刹那間會加強。出現在話語之後，它便有如一道封條，把普通不過的一句話變得高深莫測。他是個普通商販，從小就在這一帶討生活——只此而已。別人對他唯命是從，但沒有人愛戴他或畏懼他，連尊敬他的也沒有。他只令人覺得不自在。這就是了！不自在。並非確實地思疑他——只是不自在——如此而已。你不知道這種……這種……本領多麼有用。他在組織、創新、管理各方面都不行，貿易站亂七八糟的情形已足資證明。他沒有學識，也不聰明。但他卻身居高位——原因何在？或許他從來沒有害病吧……他在那裡已經做了三任，每任三年……因爲在一群普遍體質差的人當中，身強力壯本身已是一筆本錢。他每放假回家便狂歡作樂——花天酒地那樣。水手們上岸式的豪放——又不完全像水手——只在外表而已。這方面可以在他的閒談間看出來。他沒有創意，只懂得蕭規曹隨，僅此而已。但他了不起。不會病倒這件小事便令他了不起，讓人想不出什麼東西可以制住這個人。他從來不把祕訣告人。或者是他身體裡面什麼也沒有吧。這點懷疑並非全無根據——因爲在那裡是沒有什麼外間限制的。有一回站裡差不多每個『主任』都染上熱帶疫病，有人聽到他說，『到這裡來的人應該不帶內臟呀！』他吐出這話後便用他的笑容封好，好像那句話是道門，可以通往他所看守的一種黑暗。你以爲已經看到這東西——但封條已經貼上了。白人爲了進餐時座位的尊卑而頻頻吵鬧，他覺得很煩厭，便命人做了張碩大無朋的圓桌，爲了這張圓桌又須造一間特別的屋子。這就是貿易站的餐堂了。他坐下之處就是主位——其餘無分高下。你感覺得到，他確信如此，不容他人置喙。他不講禮貌，也不算無禮。他不多說話。他任由他的『孩兒』——一個從海岸帶來吃得太多的黑小子——在他面前目空一切地開罪白人。

「他一見了我便打開話匣子，說我耽在路途太久了，他又趕著，所以沒待我來便起行。上游那些貿易站需要換人，但是一再拖延，他都沒法知道誰死了，誰還活著，情況如何——諸如此類。他沒聽我解釋，只顧把弄一根火漆，一面三番四次的說情況『壞透了，壞透了』。有謠傳說一個十分重要的貿易站正陷於困境，那兒的主任庫爾茲先生又害了病。希望傳聞失實吧，庫爾茲先生是……我又疲累又煩厭，心裡說，我不管什麼庫不庫爾茲。我打斷他的話，說我在海岸外邊也曾聽過庫爾茲先生的名字。『哎，下游的人也在談他了，』他自言自語說。接著他又開腔，鄭重其事地說庫爾茲先生是他屬下最能幹的主任，是一個與眾不同的人物，對公司至為重要；因此我當能明白他為什麼那麼焦慮。他說他感到『非常、非常不安』。事實上，他的確坐不安席，一面嘆叫道，『哎，庫爾茲先生呀！』無意中拗折那根火漆，接著似乎為這樁小意外發呆。繼而他想知道『要多久才……』，我再次打斷他的話。你知啦，我肚子咕咕作響，而且站了許久，於是變得很不客氣。『我怎麼知道，』我說。『我還沒看過那條破船的殘骸——不用說也要幾個月。』這種談話我覺得簡直浪費時間。『幾個月，』他說。『好，我們就說三個月吧，然後才能夠動身。是了，那樁事三個月總夠了。』我衝出他的屋子（他獨自住一間泥屋，屋外有個可用作陽台的地方），一路咕噥著他的為人。他簡直是個嚕裡嚕嗦的蠢才。不過後來我收回對他的劣評，他估計『那樁事』所要花的時日太準確了，令我驚愕不已。

「我在翌日開始工作，對那個貿易站可以說不聞不問。我覺得只有這樣做，才能夠把握那些使生命有意義的事實。雖然如此，人有時候總要看看四周的事物；於是我便看見這個貿易站的情況，看見那些人在院子裡陽光中漫無目的地踱步。我不時問自己這究竟算什麼。他們手持滑稽的長棍子來往閒蕩，就像一群不虔信的朝聖者，中了妖邪，困在破爛的欄柵之內。『象牙』這個名詞在空氣中回響，在細語之中，在嘆息聲裡。你還以爲他們在向它禱告。一股愚昧貪婪之氣，有如腐屍的惡臭，直把這個名詞薰透。啊！這是我有生以來第一次看見如此虛幻的事。外面那靜默無聲的荒野是那麼廣大，那麼不可抗拒，包圍著這小片開拓了的土地，像邪惡，又像真理，正在耐心的等候，等待這個奇奇怪怪的侵略之行消逝。

「啊！好長的一段日子啊！唉，算了吧。貿易站發生了許多事。一天晚上，一個草棚起火，草棚堆滿了白洋布、印花棉布、珠子，還有不知什麼東西。火起得十分突然，好像地面裂開，放出一把熊熊烈火來報復，把整堆廢物銷毀。當時我在那艘拆散了的船旁邊靜靜地吸著煙斗，看著他們高舉雙手，在火光之中亂走亂竄。這時候那名長了鬍子的肥矮漢子向河邊衝來，手挽著個洋鐵桶，告訴我說每個人都『表現得很漂亮，漂亮極了』。他盛了四份一升左右的水便跑回去。我發現他的桶底穿了個洞。

「我慢條斯理向前走，根本用不著慌忙。起火時，那個草棚像盒點燃了的火柴那樣爆發，一開始便注定無可挽救。火焰揚得很高，人人都要退避三舍，強光照亮了一切——然後便低下來。草棚現在已是一堆紅熾的餘燼。不遠處有個黑鬼在挨打，因爲他們說那場火是他不知怎樣弄出來的；是他也好，不是他也好，總之他叫喊得十分恐怖。事後一連幾天，我都見他滿臉病容，坐在一小片樹蔭下盼望恢復，其後他站起身走了——那荒野又一聲不響的把他收回去。我在黑暗中向火光走去時，來到兩個人的背後，他們正在談話。我聽到有人提及庫爾茲這個名字，而且說，『利用這樁不幸的意外。』其中一個人是經理。我向他道晚安。『你見過這樣的事沒有——嗯？真個不可思議。』說罷便走了。另一個人沒有走。他是個高級主任，年輕，舉止有禮，有點沉默寡言，鷹鼻子，蓄小撮八字鬍。他跟其他主任合不來，而那些主任都說他是經理派來的『間諜』。在這以前，我從來沒和他講過話。我們攀談起來，不知不覺步離那嘶嘶發響的火場。他請我到他的房子坐，房子就在貿易站的大樓。他擦亮了根火柴，我於是看到這位年輕的貴介不僅有個鑲銀的梳妝盒，而且單獨使用一根蠟燭。在當時，只有經理一人才有資格用蠟燭。土製的草席鋪貼在他房間的泥牆；牆上裝飾著長矛、標槍、盾牌、刀子等種種紀念品。這個人的職責是製磚——聽說如此；但貿易站周圍連磚頭的碎屑也找不著，然而他來那裡已經一年多了——仍然在等待。看來他像缺少什麼東西，所以不能造磚。我不知道缺少什麼——可能是稻草吧。無論是什麼東西，總之那裡是沒有的，而且那種東西看來也不會從歐洲運來。天曉得他在等什麼，可能是等待上帝創造吧。不過，他們——全體十六個至二十個朝聖者——都在等一些東西；老實說，看他們的樣子，他們等待起來倒很愜意；雖然他們等得到的東西，依我看，只是疾病罷了。他們用很笨的方法說是非中傷別人，藉以打發時間。貿易站的人各懷鬼胎，但當然是毫無結果。這種事有如所有其他的事一般虛假——有如整間公司的假意行善，有如他們的言談、他們的管理方法、他們工作時的裝模作樣。唯一真實的感受，就是想獲選派到有象牙交易的分站去，得以撈些油水。他們爲了這個原因而互相構陷、中傷、憎惡——但他們究竟有沒有爲這個目標舉起過一個指頭——唉，沒有呀。老天在上！這人偷馬可以，那人望望馬轠也不行，其間還是有道理的。直截了當的偷匹馬，很好，他偷了。也許他懂得騎馬。但是望望馬轠的眼神，卻說不定連最慈祥的聖徒也給惹出火來，要踢上一腳。

「我不知道他爲什麼要那麼友善，但在言談之間，我突然發覺那傢伙有所企圖——正確點說，他在套我的話。他不斷把話題扯到歐洲，談及他認爲我在歐洲認識的人——旁敲側擊，打聽在那墳墓般的城市裡跟我相熟的人的資料。儘管他想保存一點傲慢，但他的小眼睛卻像雲母片般閃耀——滿懷著好奇。我最初愣住了，不過沒多久便感到十分好奇，要看看他想要從我處得到些什麼。我怎樣也想不出我有什麼東西值得他那樣費神。看著他徒勞無功實在十分有趣，事實上，我的身體只有陣陣寒氣，腦袋只有那樁爛汽船的事，此外便別無裝載。他顯然誤會我像個無賴漢般支吾推搪，結果生起氣來，並且打了個呵欠來掩飾怒意。於是我站起身。我接著看見一小幅鑲上框的油畫速寫，畫中是一個女人，披著長袍，遮上雙眼，手上拿著根燃著的火把。背景陰沉——幾乎是漆黑一片。那個女人神態莊嚴，但映照在臉上的光芒卻徵兆不祥。

「那幅畫把我吸引住。他很有禮貌的站立一旁，手上拿著一個半品脫香檳空瓶（香檳乃是醫療藥物），瓶內插著那根蠟燭。我問他畫是誰畫的，他說是庫爾茲先生——一年多前在這個貿易站畫的——當時他正在等候舟車前往分站去。『請您講講，』我說，『這位庫爾茲先生究竟是什麼人啊！』

「『內陸貿易站的總主任。』他簡短地回答，目光向著別處。『真多謝你肯答，』我笑道。『你呢就是中央貿易站負責製磚的，這些誰都知道嘛。』他沉默了一會，最後還是開了口：『他是個奇才，是慈悲、科學、進步力量的使者，我不知道還是些什麼。』他突然變得激昂起來，『可以這樣說，歐洲把大事業交託我們，爲了領導工作，我們需要更高的智慧、廣披的同情心和一致的目標。』『誰說的？』我問。『很多人都這樣說，』他答道：『有些人還白紙黑字的寫下來哩；因此他便來到這裡。他是個特別的人，你應該很清楚。』『爲什麼我應該清楚？』我真正感到詫異，便打斷他的話。他沒有理會我的反應。『沒錯。今天他是最好一個貿易站的總主任，明年他便是副經理，再過兩年就……

我擔保你一定知道他兩年後會做到什麼職位。你們同屬那新的一派——講道德派。那幫特別派遣他來的人也推薦了你。唉，不要否認了，我看得很準。』到此我恍然大悟。我親愛的姑媽那些具影響力的朋友，在這位年輕人身上起了意想不到的效果。我差點笑了出來。『公司的機密信件你有沒有看？』我問道。他一聲不響，當時的情形十分可笑。『一旦庫爾茲先生成爲總經理，』我以嚴厲的語氣繼續說：『你就沒機會了。』

「他突然把蠟燭吹熄，我們一起走出去。月亮已經升起。黑色的身影慢吞吞的走來走去，把一桶桶的水潑在火焰之上，弄出陣陣嘶嘶之聲；蒸氣在月色中冒升，那挨了打的黑鬼不知在那裡傳來痛苦的呻吟。『那畜生嚷得好凶！』那個精力充沛蓄著鬍子的人向我們走過來說。『活該。破壞規矩——懲罰——砰！不能容情，不能容情。捨此別無辦法。這樣做以後就沒有火災。我剛才對經理說……』他瞥見我身旁的人，立時洩了氣。『還沒有睡，』他說，一副諂媚的熱誠：『這是很自然的。嘿！危險——激動。』他轉眼間失去蹤影。我走到河邊去，那另一個傢伙跟了上來。我耳邊輕輕響起一句刻薄的說話，『一大群笨蛋——滾吧。』我看見一堆堆朝聖者指手畫腳的在討論，有幾個仍然手持長棍，我相信他們會帶著棍子上床。籬笆外的森林在月光下像一群幽靈般站著，而這個不成樣的院子裡的微聲與暗影，卻把大地的寂靜打進人的心坎裡——它是那麼神祕，那麼了不起，隱藏著的生命又是那麼奇異。那個受傷的黑鬼在附近無力呻吟，然後深深的嘆息一聲，那聲音驅使我急急離開那裡。我感到脅下有隻手在移動。『您老』那人說：『我不想人家誤會我，尤其不想您誤會，因為您不久便會見到庫爾茲先生了，我卻不知那個時候才有這種福氣。我不希望他對我的為人有所誤解……』

「我由他繼續說下去。這個說起話來轉彎抹角的魔鬼，看來假如我肯試試，用食指一戳便可以把他戳穿，然後也許發現內裡什麼也沒有，只有少許鬆散的泥土。你看不出來嗎？他在現任上司底下一直想快快爬上助理經理的位子，可是那個庫爾茲卻來了，大大擾亂了他們兩人的計畫。他講得很急，我也讓他說下去。我雙肩靠著我那艘汽船的殘骸，那船現在拖上了斜坡，好像一頭河中巨獸的屍體。咳，我鼻孔裡是一股泥濘味，遠古的泥濘味，眼前又是原始森林的深邃寂靜；黑色的河流上現出片片亮光。月亮在萬物之上灑了一層薄薄的銀光——灑在豐草上、泥濘上、那高逾廟牆滿鋪植物的圍牆上，和那條大河上。我從一個陰暗的隙縫中望出去，見到大河閃動、閃動，廣闊的水流一聲不響地流動不息。這一切都偉大、充滿期待而寂靜無聲，那傢伙卻仍然嘰哩咕嚕地講他自己。那碩大無朋的巨物望著我們兩人，臉上寂然不動。是在懇求呢？還是在威嚇？我們這些迷失在此的人究竟算得什麼？我們有力量控制這個大啞巴嗎？還是我們會受制於它呢？這巨物不會說話，也許還是聾的，但我覺得它很大，大得令人震懾。它裡面藏有什麼呢？我看見一點點象牙運送出來，又聽說庫爾茲先生也在裡面。我其實已聽了很多有關它的話了——天知道！可是，不知是什麼原因，這些資料都沒有形成形象——我的印象，就如同聽聞裡面有個天使或魔鬼那樣模糊。我相信這些話，就如同你們當中也許有人相信火星上有生物那樣。我認識一個蘇格蘭的縫帆匠，他確信火星上毫無疑問有人居住。如果你問他火星人的樣貌舉止，他便會有點不好意思起來，含含糊糊的回答說火星人『爬著走路』。假如你有半點訕笑的意思，他——雖然已經是六十歲的人了——便要跟你打架。我當然不會爲庫爾茲打架，但我已經爲他差不多撒了個謊。你知道我很厭恨、很憎惡、很受不了謊話，這並不是因爲我比你們正直，只是我怕謊話。謊話裡頭有死亡的汗漬和臭味——那才是我在世間真正厭恨和憎惡的東西——那才是我想忘掉的東西。我遇到了就很難過，很不舒服，那感覺就像咬到些腐爛的東西。我想那是我的脾性吧。不過，我還是差不多撒了個謊，讓那個小笨蛋胡亂猜想我在歐洲有什麼影響力。我霎時間變得像那些著了魔的朝聖者那麼虛僞。我的出發點很簡單，我以爲這樣做可能對那位素未謀面的庫爾茲有點幫助——你懂了。對我來說，他只是一個名字，我憑這個名字來了解他，不會比你們強。你們看得見他這人嗎？你們知道這故事嗎？你們知道什麼沒有？我活像是想向你們講一個夢——不成的，因爲夢感是再也說不明白的。那是荒謬、驚訝和困惱揉合在掙扎反抗的激動之中。那是一種受困於不能置信之物的感覺，那是夢的本質……」

他沉默了一會。

「……不行，辦不到的；我們一生中某段日子的感受，別人是不可能領會的——那感受使人生變得真實，充滿意義——具備了微妙而深刻的本質。那是辦不到的。我們生活，有如做夢一樣——孤零零的……」

他再次停下來，好像稍作沉思，然後又說——

「當然，你們看這件事會比我當時清楚。你們看見我啦，我是你們的相識……」

天色已經一片漆黑，我們這些聽眾彼此幾乎看不見。他坐在另一邊，對我們來說，他早已變得只剩一把聲音了。沒有人開口說話。其他人可能睡了，但我仍然醒著。我一直傾聽他的敘述，他的故事令我興起些微不安，我在留意看看那一個句子，那一個字，能讓我知道爲什麼會有那不安的感覺，在河上沉鬱的黑夜裡，故事似乎無須憑藉人的敘述而自我形成。

「……是的——我讓他說下去，」馬洛繼續說：「而且任由他想像我背後的勢力。

我由他！但實際上我背後卻沒有後台！沒有，有的只是我背靠著的那艘又髒又舊的爛汽船。他滔滔不絕的說什麼『誰都要過日子的啦』、『你想想，來這裡的人都不是爲了賞月』。庫爾茲先生是個『多才多藝的天才』，但天才也需要有『足夠的工具——聰明的幫手』，才能夠事半功倍。他沒有造磚——因爲根本沒有辦法造出來——這是我所熟知的；即使他去爲經理當祕書工作，也是因爲『稍有頭腦的人都不會胡亂拒納上司對他的信託』。我明白嗎？我明白的。那麼我還想要什麼？我真正想要的是鉚釘，天地良心！鉚釘，用來動工——釘補那個破洞。我要鉚釘。海岸那邊有許多箱鉚釘——一箱箱的堆放在一起——箱都綻破了——裂成兩半了！在山坡上那貿易站的院子裡到處都踼著鉚釘，釘子還滾進那死亡的叢林去了。只要肯彎低身，準可以盛上滿口袋的鉚釘——可是在需要鉚釘的地方，卻連一口也沒有。這裡有合用的鐵塊，但欠缺拿來釘牢鐵塊的東西。每星期，那個獨來獨往的黑人信差，肩掛信袋，手持木杖，從貿易站出發到海岸去；而海岸來的商隊一星期又到好幾次，帶來交易用的貨品——難看死的光滑洋布，只要望上一眼便不寒而慄；還有一文錢一大杯的琉璃珠子、令人作嘔的花點棉布手帕。但沒有鉚釘。其實只要三個腳夫之力，就可以運來足以修好汽船的鉚釘。

「他愈講愈推心置腹，但我想由於我反應冷淡，終於還是激怒了他，令他認爲須與我說清楚，他天不怕地不怕，遑論是什麼人。我說我很明白，但我需要的是一批鉚釘——只要庫爾茲先生知道這件事，他也會想要鉚釘。現時每星期都有信件送到海岸那邊去……『先生，』他叫道：『上頭口授我就筆錄寫信。』我要一批鉚釘。辦法總是有的——人要是聰明的話。他轉變了態度；變得非常冷淡，突然話題轉到一頭河馬身上；他問我睡在汽船上（我日夜寸步不離我的破船）有沒有受到騷擾。一頭老河馬有個壞習慣，喜歡走到岸上，夜間在貿易站周圍遊蕩。那些朝聖者每每成群出動，拿起所有的長槍瞄準河馬，把子彈射個淨盡，有些還爲那頭河馬數夜不眠。可惜一切工夫都白費了。『這頭野獸死不了的，』他說：『但在這個地方只有畜生才會死不了。人不會——你明白我的意思嗎？——這裡沒有人死不了的。』他在月色之下站了一會，纖小的鷹鼻微斜，雲母片般的眼睛眨也不眨，閃閃發著亮；後來，他淡淡的說句晚安便大步走開。我看出他心情煩亂，而且頗爲困惑，那樣使我有好幾天覺得事情比以前更有希望。不用應酬那傢伙，轉而看看我那個具影響力的朋友——那艘撞爛而且扭彎、一文不值的破汽船——我感到舒暢多了。我爬上船，它在我腳下噹噹作響，聲音有如在溝渠踢著一個亨特利帕爾默牌的空餅乾罐；汽船既非堅固，又不美觀，但我已爲它花了許多時間，現在變得愛上了它。任何有影響力的朋友也不會比它待我更好。它給我機會出來跑跑——好知道我能夠做些什麼。我並不喜歡工作，我情願懶洋洋地過日子，想像一切做得到的美事。我不喜歡工作——沒有人喜歡工作的——不過我喜歡蘊涵在工作裡面的東西——即是認識自己的機會。認識那個真的你——不為別人，只為你自己——那是別人再也不會知道的。別人只可以看見表面，他們永遠不知道其中的真正意義。

「我看見有個人坐在船尾的甲板上，雙腿在泥濘之上搖來晃去，但我毫不驚訝。你知道嗎，我和貿易站裡的幾個技工頗為要好，但那些朝聖者卻自然而然地鄙視他們——我想是因為技工態度粗魯吧。那個人就是工頭——本行是個鍋爐匠——很能幹活。這人身形修長，骨瘦如柴，一雙專注的大眼睛鑲在黃黃的臉龐上。他臉帶憂戚，頭頂禿得就如我的手掌一般；但他那些掉下來的頭髮看來卻像黏在兩頰之上，並且似乎在這個新環境滋長得很好；鬍鬚一直掛到腰間。他是個鰥夫，有六個幼小子女（他把孩子留給他一個姊妹照料，然後來到這裡）。他最喜歡放鴿子，不但熱愛，而且還是個專家，論起鴿子來往往會如癡如醉。工餘之暇，他偶從自己茅屋過來，談談他的孩子和鴿子；做工的時候，如果要爬進汽船底下的泥濘，他便用一塊特意攜備的白餐巾包紮長鬚，餐巾有環，能扣到耳朵後面。晚上可以見他蹲在岸邊，小心翼翼的在小溪清洗那塊餐巾，然後一本正經的鋪放在一株矮樹上吹乾。

「我拍了拍他的背叫道：『我們快有鉚釘了！』他頓時站起身驚叫：『不會吧！鉚釘！』似乎不肯相信他的耳朵，接著壓低了聲音：『你……嗯？』我不明白我們爲什麼表現得像瘋子一般。我把指頭放到鼻子旁邊，神祕莫測地點點頭。『那你可好了！』他喊道，提起了一條腿，手指在頭頂上彈打著。我試試跳起捷格舞。我們在鐵甲板上手舞足蹈，船身響起驚人的噼啪聲，再由小溪彼岸那原始森林傳送回來雷聲般響徹那熟睡中的貿易站，我想不少朝聖者定給驚醒了。一個身影擋住經理房子那亮了燈的門口，繼而消失了，大約再過了一秒鐘，門口也不見了。我們停下來，剛才跺腳所驅走的寂靜又從陸地的深處流回。那一大列草木──繁茂糾纏的樹幹、枝條、葉子、花朵──在月光下悄無聲息的，有如無聲的生命在肆意侵略，一片洶湧而來的植物，堆疊起來，戴上蓋盔，好像隨時會覆掩那條小溪，隨時把我們這些渺小的人掃掉。不過它默然不動。遠處傳來沉沉的一陣巨大的濺水聲和哼聲，好像有一條魚龍在那大河暢快地洗澡。『事實上，』那鍋爐匠以一種講道理的聲調說：『我們怎麼會拿不鉚釘呢？』真的，怎麼會呢？我真不知道我們怎麼會。『鉚釘三個星期內準到。』我充滿信心說。

「可是鉚釘沒有運來。來的卻是一回侵略、一趟懲罰、一種天譴，在往後的三個星期裡分批出現，每一批都由一個騎著驢子身穿新衣黃鞋的白人帶領，他在驢子上向著怔住了的朝聖者左右鞠躬。一群吱吱喳喳、既腳疼又怒氣沖天的黑鬼，緊隨驢子之後；大堆營幕、摺凳、錫罐子、白箱子、棕色的桶子繼而丟放在院子裡，而使混亂一片的貿易站又更添神祕色彩。總共有五批抵達，他們荒謬可笑的模樣，看起來像是從無數的用具和食品店搶了東西，把贓物拖進荒野均分。那是一大堆一團糟的物品，本身雖然清白，但人類的愚行卻把它們弄成像是賊贓。

「這個虔誠獻身的隊伍自稱為金山探險隊，我相信他們定是立了誓守祕密的。不過，他們言談時十足像群骯髒的海盜：無忌憚而不能堅忍、貪婪卻又不敢冒險、殘暴而又欠缺勇氣；整隊人都沒有一絲遠見，又毫不認真，而他們似乎不知道這些都是做大事所需條件。他們想剖開這片大地來從中攫取財寶，但與鼠竊夜裡摸入庫房無異，同樣沒有任何道德觀念支撐。我不清楚是誰支付這高貴隊伍的費用，不過經理的叔父正是這夥人的頭頭。

「他外表像個貧民區的屠夫，雙眼瞇縫，目光狡獪，兩腿短小，挺著大肚皮神氣活現。他的手下在貿易站到處擾攘之時，他自此至終只與侄兒說話。整天都可見他叔侄倆一同漫步，頭並頭的談個沒完。

「我已經不再為鉚釘的事煩惱，人對這類胡鬧事所能忍受的程度實在有限。我罵了句：『去死吧！』——便撒手不管。我盡有時間來默想，而且不時想及庫爾茲。我對他並非很有興趣，可是我仍然想看看這個人。他懷著某些道德觀念來到這裡，我要看看他到底能否攀至高位，又在高位的時候會怎樣做。」

第二章

「一天晚上，我直挺挺的躺在我的汽船甲板上，忽聽見人聲自遠而近——原來那對叔侄正沿著河邊散步。我再把頭枕在手臂上，幾乎沉沉睡去，突然好像有人在我耳邊說話，『我就像個小娃娃，不會害人，不過我不喜歡被人牽著鼻子走。我是經理嗎？——難道不是嗎？我是奉命派他到那裡去的，真豈有此理。』……我發覺原來那兩人正站在岸上汽船前端之處，就在我的頭對下。我沒有動；根本沒有想過要動，因爲我懨懨欲睡。『那當然不好受。』叔父咕嚕著說。『他請求公司派他往那裡，』另一人說：『藉以表現自己的工作能力；我因此奉命派他去。你看這個人的影響力有多大！真令人寒心，不是嗎？』他們異口同聲表示那的確令人寒心，接著說了幾句莫名其妙的話，『呼風喚雨哩——一個人——董事局——牽著鼻子走』——都是斷斷續續的古怪句子，把我的睡意驅散，到那叔父再開口的時候，我已經頗爲清醒。『這種天氣會助你一臂之力。他一個人在那裡嗎？』『是的，』經理回答說：『他叫他的副手沿河走下來，帶著一張字條來見我，字條上這樣寫，——叫這個沒用的傢伙滾，用不著再派這類人來了，我情願一個人也不要你扔給我這些廢物。——這是一年多前的事了，你看他多麼囂張！』『此後又有過什麼事沒有？』另一人嘶啞著聲說。『象牙，』侄兒急應道：『很多很多——上等貨色——多得很——他送來了，真氣人。』『還有什麼一起送來？』那低沉的聲音問。『發票。』答案可以說是迸發而出。接著一片沉寂。他們剛才在談論庫爾茲。

「我在這時候已經完全醒過來，不過因爲躺著舒服得很，一直沒動，沒有意思轉個姿勢。『那些象牙怎樣從老遠運來？』老的一個咆哮著說，似乎甚爲惱火。另一人回答說，是用一列獨木舟運來的，由庫爾茲屬下一名英國的混血書記督運；又，庫爾茲最初顯然也想回來，因爲那時候貿易站已沒有了貨物和用品，不過走了三百哩後，他突然改變主意，叫四個船夫划一隻小舟獨自折回頭，就讓那混血兒繼續沿河而下運送象牙。那兩個傢伙似乎覺得這行動匪夷所思，他們猜不透爲什麼有人會這樣做。在我這方面，我好像第一回看見了庫爾茲。這是清清楚楚的一瞥：一隻小舟、四個野人船夫、一個孤零零的白人突然掉過頭不管總部如何，不要救援，也許連家也不想；面向著荒野的深處，向著他那空無一物而且荒涼無人的貿易站。我不知道他爲什麼要回去。他或許只是那種對工作充滿熱誠的人吧。你知道，他們一直沒有提到他的名字，他是『那個人』。至於那個混血兒，依我看來實在是既謹慎又勇敢，他走完那段艱苦旅程，不過卻總是被稱爲『那混蛋』。『那混蛋』報告說『那個人』病得很厲害——並沒有完全康復過來……那兩個在我底下的人接著走開幾步，在一小段距離之內往來踱步。我聽到：『軍事據點——醫生——兩百哩——現時頗爲孤單——免不了的阻延——九個月——沒消息——奇奇怪怪的傳聞。』他們再次走近時，那經理正在說：『照我看就沒有人，除了一個四處做買賣的人——一個討厭的傢伙，搶著買土人的象牙。』他們在談論誰呢？我從零碎的談話片段中，得知是一個在庫爾茲的地區的人，而那個人又是經理所不喜歡的。『如果不幹掉其中個把，殺一儆百，我們便休想有公平的競爭。』他說。『當然啦，』另一人咆哮著說：『幹掉他！有什麼不可以？什麼事——在這裡什麼事都可以做。我一向這樣說，這兒，你懂了，沒有人能夠在這裡威脅你的位子。爲什麼呢？因爲你才受得了這水土氣候，你比他們都強。問題在歐洲方面，不過我在離開之前曾經著意……』他們走了開去，而且壓低了聲音，接著他們的談話聲又再響起。『那一連串非常特別的延誤，錯不在我，我已經盡了力。』那胖子嘆息一聲。『真不幸。』『他的謬論尤其討人厭，』另一人繼續說：『他在這裡的時候可把我煩透了。——每個貿易站都應該像個指向明燈，引領大家到更美好的前景。當然，貿易站總是個交易中心，但還得是個傳揚博愛、謀求改善和負責教育的地方。——你想想看，這條驢子！他竟想當經理！這是——』他因過度激動而哽住了喉。我微微掀起了頭，發覺他們竟離我那麼近——就在我下面，我簡直可以啐口唾沫在他們帽子上。他們望著地上，陷入了沉思。經理用一根幼樹枝敲打著腿子，他那精明的親戚抬起了頭。『你這趟出來以後一直都沒害過病？』他問道。另一人吃了一驚。『誰？我？噢！如有神助——如有神助。不過其他的人——噢，天呀！全都病了。他們也死得真快，我把他們送走也來不及——真是不可思議！』『哼，就是這樣。』那叔父咕嚕著說。『呀！孩子，靠賴這個吧——聽我的，靠賴這個吧。』我看見他伸出短短的手臂，做了一個把那片森林、那條溪流、那些泥濘，以及那大河都包容在內的手勢——在那陽光照耀的大地裡，用手臂弄出一個不敬的動作，好像向著大地中心那蠢蠢欲動的死亡、隱藏起來的邪惡和淵深的黑暗做出奸狡的呼籲。當時的情景怵目驚心，我嚇得跳起來，回頭望向森林的邊緣，好像預料這個邪惡的交心姿態會得到某種回答。你知道嗎，人有時候就有這種傻念頭。極度的寂靜以一種徵兆不祥的耐性面對著這兩個人，等待一個異想天開的侵略慢慢消散。

「他們一起高聲咒罵——我想純粹是出於恐懼吧——接著假裝完全不知道我在那裡，轉頭回貿易站去。太陽掛得很低，他們彎著身並肩向前走，好像吃力地把兩個長短不一的滑稽影子拖曳上山，影子投落在他們背後，在長草上慢慢移動，沒壓彎一片葉子。

「幾天之後，金山探險隊開進那個百般容忍的荒野，荒野隨即恢復原狀，就如大海在有人跳水之後恢復原狀一樣。過了許久，消息傳來，所有的驢子都死個精光，至於那些更沒有用的動物命運如何，我便不知道了。他們一定是像天下人一樣，種瓜得瓜種豆得豆了。我沒有打聽這件事，因為我當時想著就快見到庫爾茲了，心情頗為興奮。我說『快』純粹是比較而言；由離開那條小溪起，直至抵達庫爾茲那貿易站對下的河岸，剛好花了兩個月的時間。

「溯河而上就像重訪天地初開時的世界，草木茂密蔓衍，大樹高聳在萬物之上。溪流上空無一人，萬籟肅靜，森林密不透風。空氣暖和而且濃濁、沉鬱、呆滯，燦爛的陽光底下沒有一絲愉悅。長長的一段段水道延綿不斷，杳無人跡，一直伸展到遠方幽暗之處。銀白的沙洲之上，河馬和鱷魚一同在陽光下躺臥。愈見闊大的河道流過一堆滿植樹木的小島；在那條河上，你會像在沙漠一般迷路，心中盼望找到水道，但卻整天撞向淺灘，弄得後來你會以爲自己著了邪，從此與過去一切熟悉的事物絕緣——與那些你在不知什麼地方，很遙遠的地方，也許是前生所熟悉的事物。有時候往事湧上心頭，就和你忙得透不過氣來時偶有的經驗差不多；可是它卻化作一個煩躁喧鬧的夢而來，然後你便在這片千真萬確的，由草木、河水、寂靜結合而成的陌生地方驚愕地憶起夢境。這種寂靜與平安毫不相類，而是一種不饒人的力量在默想著一個不可知的目的。它以一張怨毒的面容望著你。後來我習慣了。我不再見到它；我沒空。我得要不斷揣測那條水道；要看出那處有隱蔽的淺灘——大都依靠靈感來看。我要留心水底的大石；當汽船擦過一塊狡獪得要命的大樹頭，僥倖沒有把那兩文錢輪船割開，沒有把那群朝聖者的教徒送去見閻王之時，我就學學裝作若無其事，緊閉牙關，不讓心臟從腔中跳出來。我又要找尋枯木，在夜間砍斫開來，好作汽船翌日的燃料。一旦你需要管這類東西，管表面的小事情，那現實——那現實，你聽我講，便會逐漸褪去。內裡的真相隱藏起來——真好！真好！不過我的感受依然沒變；我常常覺得那神祕的寂靜在看著我耍猴子戲，正如它看著你們哥兒們一一走各自的鋼索一樣，代價是——多少呢？捽一跤賺半塊大錢——」

「馬洛，講客氣點好不好。」一把低沉的聲音喝道。我到此方知捨我以外，聽眾中至少還有一個醒著。

「對不起，我忘了提心痛，不然便不值得那代價。不過，代價多少其實有什麼關係呢？只要把戲玩得好便是了。你們表演得很好；我也玩得不壞呢，第一次掌舵，居然能夠力保汽船不沉。我至今還覺得是件奇蹟。你試想想，要一個蒙著雙眼的人在爛路上駕車，後果會是如何呢？坦白說，我為了這項任務頻頻冒汗，驚惶戰慄。不管怎樣，如果水手把一樣歸他管而又要一直浮得起的東西劃破了底，便是犯了彌天大罪了。事情可能沒有人知道，不過那個打擊是沒世難忘的──是嗎？一個直撼心底的打擊。你忘不了，你夢到，半夜醒來也要想起──多年以後──還是整個人冒汗發冷。我並不是誇說那艘汽船始終浮著──它有好幾次要在水下面行走，勞動二十個野人在周圍潑水划推。我們在途中雇了些這種野人做水手，他們自有堪稱能幹之處──食人肉的野人。他們是好幫手，我很感謝他們。況且他們畢竟也沒有在我面前互相噬吃；他們帶了些河馬肉做口糧，肉腐爛了，令神祕的荒野在我的鼻孔裡直發臭。噓！我現在還嗅得著呢！經理和三四個拿著棍子的朝聖者都在船上──一概完完整整，沒有給野人吃掉。我們不時駛到一些岸邊的貿易站，它們緊附在不可知的邊緣，白人從危危欲倒的茅屋衝出來，起勁做出種種表示喜悅、驚訝和歡迎的動作。他們看起來很古怪──好像被魔咒迷困在那裡。象牙這個名詞在空氣中響亮了一陣子──接著我們便繼續航程，再度向闃無聲息之處進發，沿著空白的河段，繞過平靜的彎角。在曲折的航道中從兩面峭壁之間穿過，船尾外輪沉重的攪動聲惹來空洞的回響。樹呀，樹呀，千萬棵樹呀，粗壯、高大、直插雲霄；在樹腳底下，那細小汙垢的汽船緊靠岸邊上溯，就像一頭行動遲緩的甲蟲，在一道高大門廊的地上爬行。這種景象令你自覺渺小，孤立無援，不過它卻並非完全令人沮喪。即使你是渺小，那頭髒甲蟲畢竟仍然爬著──那正是你盼望的。至於那些朝聖者想像它爬到那兒，就非我所知的了。不過我敢打賭，他們必定希望它爬到一些可有所得的地方去。於我而言，我想它獨獨爬向庫爾茲之處；不過蒸氣管漏了，我們爬行得很慢。河段在我們面前展現，又在我們背後合攏，森林彷彿悠然踏過水道，把我們回程的路截斷。我們向黑暗的心坎愈進愈深。那裡寧靜非常。在晚間，樹影之後不時有咚咚鼓聲，沿河流傳送上來，聲音僅隱約可聞，有如在我們頭頂高處徘徊，一直響到天明。我們弄不清那鼓聲是代表戰爭、和平，還是禱告。晨曦之前寧靜一片，寒冷刺骨；砍木的人睡去了，他們生的火堆也漸漸熄滅；一根樹枝折斷的聲音都會令你吃驚。我們在史前的地球上流浪，那地球的面貌像一個不明星球般陌生。我們原本可以幻想自己是第一批人來領受一份被詛咒過的遺產，要把這遺產收爲己用，必須忍受深切的煩惱和逾常的辛勞；可是突然之間，當我們奮力把船繞了個彎後，卻瞥見在動也不動的樹木濃蔭底下，有用燈心草築造的牆和野草鋪就的尖屋頂，一陣嚷叫，一簇黑色的肢體，許多手掌猛拍著，許多雙腿蹬著地，許多身軀擺動，許多眼睛滾轉。汽船就在一陣不可理喻的黑色狂亂之旁吃力地緩緩駛過。那史前的人在向我們詛咒嗎？祈禱嗎？表示歡迎嗎？──誰講得清？我們對周圍的事物一無了解；我們像幽靈般溜過，每事疑惑，暗裡心驚，就如心智清明的人處身瘋人院裡面對一群狂性大發的瘋子時的感覺。我們沒法了解，因為時間距離太遠了，記不起來了；因為我們在太初的黑暗裡航行，這些日子早已消逝，沒有留下半點痕跡──也沒有留下一絲回憶。

「我們腳下的大地彷彿不是人間。我們看慣了大地有如扣上鍊銬的怪物，不過在那裡──在那裡你望著的怪物是來去自由的。那並不像人世間，而那裡的人呢──他們也不是沒人性。嗯，這才真要命呢，你明白嗎？猜疑到他們並非沒人性。很慢地，你才會猜疑起來。他們嚎叫、蹦跳，呼呼的打轉，擠鬼臉嚇人；但這都罷了，令人不寒而慄的卻是想及他們也分屬人類──和你我一樣分屬人類──想及你我和這種野蠻亢激的呼號有著遠親的關係。很難看，沒錯，的確很醜陋，不過你若有勇氣，便得承認心中有一絲感受，與那懾人的坦率號叫聲呼應，承認心中隱隱約約覺得，你──你雖與那太初的黑夜相距如斯遙遠──仍能夠明白其中的意義。其實這也並非不可能的，人的心靈無所不能——萬物皆備其中，過去、未來，無所不容。人心裡究竟有過些什麼東西呢？歡樂、恐懼、悲痛、忠誠、勇氣、憤怒——怎說得定呢？——只有真理，脫除了時間外衣的真理。由得蠢才目瞪口呆吧——堂堂大丈夫自會明白，而且敢眼也不眨地正面而視。但要做到這一點，他必須至少像岸上野人那般敢作敢爲，以自己毫不虛假的實質——以與生俱來的氣力——來迎接這份真理。大原則是沒有用處的。身外物罷了，像衣服，像漂漂亮亮的碎布——用力一晃便脫落了。沒用的；你需要一種堅定不移的信念。是不是他們狂叫亂舞，把我吸引了？好吧，我聽見了；我承認，但我也有聲音，而且不論好歹，誰也制不住我說話。沒錯，有取捨的、膽小如鼠的蠢才是最安全不過的。誰在咕噥？你問我究竟有沒有上岸去和他們又叫又跳？沒有，我沒有去。什麼？你說我也有取捨啦？才不是取捨呢！我只因爲沒時間。我跟你講——蒸氣管漏氣，我得走來走去，拿著白鉛和毛氈條子幫忙補漏。我要看著駕駛，要避開那些暗礁，想盡辦法讓破船航行下去。這種種事情的外在真理已經夠一個聰明人忙的了。此外，我還得要時照顧那個當火工的野人。他已經過改良，能給垂直式鍋爐生火。他在我下面，不妨對你說，看著他可以得到一些啓發，就和看著一條狗穿了長褲戴了羽毛帽子、用後腿學人類走路一樣。真不賴的傢伙，幾個月訓練便成了。他瞇著眼看那個蒸氣計和水量計，顯然要鼓起很大的勇氣——

這個可憐的傢伙也有兩排銼尖了的牙齒，他的鬈髮剃成奇形怪狀，每邊面頰都劃有三道裝飾的疤。他這時本該是在岸上拍掌頓足的，可是現在竟然忙於船上工作，成了一個受制於外來魔法的奴隸，一腦子是不斷改進的知識，他很有用，因爲他受過訓練；他所知道的就是：那透明東西內的水一旦沒了，鍋爐中的魔君便會渴得暴跳如雷，要傷人毀物。於是他忙得汗流浹背，不停添火，誠惶誠恐的注視著那琉璃（他手臂上縛著一樣用破布臨時造的護身符，又有一塊腕錶大小的光滑骨頭，打平穿過下唇）。那草木叢生的河岸慢慢在我們身邊溜過，那短暫的叫嚷留在後頭，那永無休止的寂靜——我們朝庫爾茲之處繼續爬行。無奈暗礁處處，河道水淺難行，而那鍋爐又彷彿真正有個發脾氣的魔王在裡面，這一切都使我和那火工沒有空閒再胡思亂想。

「我們在內陸貿易站對下約五十哩的地方，發現一所用乾蘆葦搭造的房屋，屋外有一根垂頭喪氣的木桿，桿上飄著一束破布，本來是一面不知什麼的旗幟，現在已破爛得不能辨認，此外還有一堆整整齊齊的木柴。這很出人意表。我們走上岸去，看見柴堆上放著塊木板，板上有些用鉛筆寫下的字，字已經褪了色，只隱約可見。細辨之下，原來寫的是『柴可取用。趕快。謹慎前進』。底下有署名，但辨不出來——不是庫爾茲——這個名字要長得多。趕快？往那裡呢？往上游去？『謹慎前進』？我們來時並不謹慎呢！

不過警告所指的，當不會就是此地，因爲此地一定要『前進』了才去得到。上游有凶險，不過究竟是什麼呢？——凶險的程度又如何呢？這才是關鍵所在。我們對那電報式語名之愚昧批評不已。周圍的樹叢沒一點表示，同時也不讓我們望得遠。茅屋門前掛著塊紅色斜紋的破簾，在我們面前悽愴地飄動。房子已經拆得七零八落；但我們仍然看得出不久之前有個白人住過。剩下來的，只有一張造工粗糙的桌子——一塊木板架放在兩根木桿上；黑沉沉的角落放著一堆垃圾。我在門旁拾得一本書。封面已經脫了，內頁因爲翻揭得多的緣故，變得軟嗒嗒的垢膩不堪，不過書脊卻用白棉線細心重新縫好。那本書叫《船藝疑難試釋》，是一個叫作托爾或托遜——約略是這樣的名字——的人寫的，是個皇家海軍的指揮官。那本書看來沉悶難讀，裡面附有圖解和望而生厭的數字表，況且還是六十年前出版的。我戰戰兢兢的捧著這份奇怪的骨董，唯恐它在我手上融化消失。那位托某在書內認認真真地討論錨鍊和滑輪的斷裂應變等問題。那不是一本很吸引讀者的書，然而你只消看一眼，便知這書目標專一，誠心致志要把事做好，所以雖然問世多年，那無甚高論的文字自有一種光輝，比專家學者的論著不遑多讓。那位平實無華的老水手，就錨鍊和吊機的問題侃侃而談，令我頓覺處於一片自然純真之中，心境舒泰，渾然忘卻那個森林和那群朝聖者，找到這樣的一本書已經奇怪的了，更令人詫異的卻是書內頁邊空白處，竟有以鉛筆標註文句的劄記。我簡直難以相信真有其事！密碼記的劄記！不錯，看起來的確像密碼。居然有人帶著一本這樣的書，跑到這個不知名的地方研讀——還做讀書劄記——而且是用密碼寫的！真是件離奇怪誕的事。

「我隱隱覺得有種聒耳之聲響了一陣子，抬頭看時，那堆木柴已經不見了，經理和所有的朝聖者在河邊齊聲喊我。我把那本書塞進口袋。不妨告訴你，要我突然丟下這本書不看，簡直像硬要我和一個老朋友絕交一樣。

「我開動那副蹩腳的機器繼續前航。『一定是那個討厭的販子——那個搶生意的。』經理以惡毒的目光回望先前的地方叫道。『他一定是英國人。』我說。『英國人又怎麼樣，他不小心便惹麻煩。』經理陰惻惻的咕噥著。我詐作不明話中含義，說活在世上麻煩是免不了的。

「水流得比以前湍急了，汽船彷彿在垂死之前噓氣，船尾外輪慢吞吞的拍響。我不由自主的踮著腳，傾耳細聽汽船機器是否還響下去，因為老老實實說，我看這破船隨時都會拋錨。我當時有若看著一個垂死掙扎的生命；不過我們始終沒有停下來。我不時拿前頭不遠處的一棵樹做目標，好量度一下往庫爾茲貿易站的航程進展，可是往往還沒有到步，便失去那棵樹的蹤影。人的耐性有限，沒有可能盯著一樣東西久久不轉瞬。經理神色泰然，一副逆來順受的樣子。可是我卻煩躁非常，心神交戰，盤算著應否和庫爾茲推心置腹；然而在有所決定之前，我突然覺得，無論我說不說話，又或者做了些什麼，一概都是枉然。有人知道些什麼，或者不管些什麼，會有什麼關係呢？誰是經理又有什麼關係呢？我們有時候就會這樣子頓然醒悟，這樁事要緊的地方隱藏深處，非我所能接觸，也非我能力所能管及。

「第二天黃昏之前，我們估計大約離庫爾茲的貿易站尚有八哩。我很想繼續航行，但經理蠟著臉，說上游凶險非常，當時已是日暮時分，爲安全計，最好是泊好船隻，待翌晨再度起行。他又指出，照那個叮囑我們謹慎前進的警告，我們當在白晝航行——黃昏或黑夜都非所宜。他說得很有道理，八哩路差不多相等於我們三個小時的航程，況且我還望得見前面水道的盡頭處起些縠紋，不知何故。話雖這樣說，我仍然爲了需要停航而苦惱不堪，其實這是最不可解的，幾個月也等了，一夜的時間算得什麼呢？我們薪輿充足！爲了安全起見，我把船在溪流中央停下來。水道狹窄筆直，兩岸高聳，恍似一條開鑿出來的鐵路。太陽未落下，暮色老早已悄然籠罩四周。水流急湍，但兩岸闃然一動不動。一株株大樹被匍匐的蔓藤和矮叢纏結一起，活像化成了石頭，連最幼嫩的枝椏和最輕盈的葉子也沒有了生氣。不是睡去的姿勢——它們顯得離奇古怪，彷彿靈魂已經脫體逸去。周圍沒半點聲息，你愣然四顧，懷疑自己聾了——再後黑夜突如其來，更奪去你的視力。三更時分，大魚躍水，濺水巨響把我嚇得跳起來，以為是炮轟隆然。待到太陽升起，白霧瀰漫，暖烘烘、溼沾沾的，看東西比在黑夜裡還要難。白霧不移不散；它滯留不動，像固體似的把你包圍。到了早上八九點鐘，白霧突然升起，就像拉起了窗板，讓我們瞥見密麻麻參天的大樹和一望無際黏結成片的叢莽，上頭掛著一小顆耀目的太陽——一切都靜止不動——接著那塊白色的窗板再度落下，順溜無聲，好像滑行在兩條上了油的凹槽裡。船員剛把錨鍊絞起，我下令再把錨拋下去。拋錨的悶響還沒有過，那透視不過的空間卻緩緩響起一聲巨喊，一種好像含有無限悽酸的叫聲。叫聲停後，這種如泣如訴的野人調子，充滿了我們的耳朵。叫聲響起無端，嚇得我頭髮倒豎在帽子之下。我不清楚其他人的感受如何？這陣喧囂哀鳴來得那麼突然，從四方八面湧至，使我覺得它就好像由那層白霧本身發出。響聲逐漸加強，最後形成一聲幾乎非人所能忍受的急嘯；接著霎時停止。我們嚇得僵住了，現出種種滑稽可笑的姿勢，固執地聆聽著周圍那幾乎同樣嚇人和異樣的寂靜。『天啊！這究竟是什麼——』一個朝聖者在我肘後期期艾艾的說，——他是個矮肥漢子，斑駁的頭髮，紅色頰鬚，腳登一雙側邊開口的皮靴，身穿一套桃紅色睡衣，睡褲腳束在襪子裡頭。另外兩個朝聖者目瞪口呆了好一陣子，接著跑進那小小的船艙，再猛衝出來，手握溫徹斯特牌長槍，扳機起了，慌慌張張的四處張望。我們看到的，只有載著我們的那艘汽船，輪廓模糊一片，彷彿正在融化消失，除此之外，便是汽船周圍大約兩呎闊的河水，朦朦朧朧的鎖在濃霧之中——如此而已。世界上其他的事物，一概都非我們耳聞目睹所及。不知所蹤。沒有了；一切都給帶走，沒留下一句說話，沒留下一個影子。

「我走到船頭，下令絞緊錨鍊，準備一旦需要時即可起錨啓程。『他們會打過來嗎？』有人顫騰騰的輕聲問道。『在這團霧裡，我們要給他們殺個精光的了。』另一個人喃喃地說。他們緊張得臉孔抽搐，手掌微顫，眼睛瞪直。黑人船員的表情和白人的迥異，實在令人費解；那些黑人的家鄉雖然離那裡只有八百哩遠，但他們對這個河段的認識，就如我們所知的那麼少。白人不用說也是心煩意亂，但那種難以忍受的叫聲還把他們嚇苦了，從他們臉上看得出來。黑人神情警惕，露出自然而然的好奇，不過臉容大體是平靜的，連那一兩個正在咬緊牙關絞錨鍊的黑人也是這樣。幾個黑人嘰哩咕嚕的交談幾句，看來把問題完滿解決了。他們的頭頭站在我身旁，他是個胸膛闊大的年輕人，下身簡簡單單的裹著塊滾深藍邊的布料；鼻孔朝天，頭髮捲成一個個精緻滑溜的小圓圈。『嗨！』我表示友善的和他打個招呼。『捉住他們，』他急急地說，瞪張血紅的眼睛，露出一列尖銳的牙齒──『捉住他們，交給我們，』『交給你們，嗯？』我問道：『要他們來幹麼？』『要來吃！』他直截了當答道，說罷手肘支著船欄，以一副尊貴和深思的神情望向霧靄之中。幸而我早已發現他和他的手下飢腸轆轆，所以才沒被嚇著：他們至少已經連續餓了一個月了。他們受雇已經六個月（我猜他們誰也沒有清晰的時間觀念。我們活在無窮年代的盡頭，才有這種觀念。他們仍然屬於世紀初開的時代，可以說完全沒有這種經驗的遺傳）。但只要有頁紙張，依照下游訂立的某條荒謬法例寫好便行了，他們如何活下去，又有誰會操心呢？他們起先肯定帶了些腐臭的河馬肉做口糧，但朝聖者見了大叫大嚷，把其中一大份丟到河裡；而且，無論怎樣，那些河馬肉本來也不能吃得很久的。這件事看起來好像一個欺壓弱小的例子；但其實這樣做卻出於合理自衛。你要是醒時、睡覺時、吃飯時都嗅著死河馬的味道，還能不發瘋？況且，朝聖者每個星期都派給他們三根銅線，每根約有九吋長，理論上，他們可以憑這些貨幣在沿岸村落購買糧食。你不用問也知道結果如何。有時是沒有村落，有時村民滿懷敵意，再或是那位和我們一起吃罐頭（間中也加一頭老山羊公佐餐）的經理，為了某個莫名其妙的理由，不肯把汽船停下來讓他們買東西。因此之故，除非他們乾脆把銅線吞下肚，或者繞個環兒來釣魚吧，不然我實在看不出那份優厚的酬勞對他們有什麼用。不過，話得說回來，那份薪酬可是準時派發的，不失爲一間聲譽卓隆的大貿易公司的風範。此外，我見他們帶備唯一可吃的——雖然看起來一點也不像吃得下的東西——便是幾糰像半熟麵包的東西，髒髒的淡紫色，用樹葉裹住。他們不時會吃一小塊，但分量實在太少了，彷彿只是吃來做樣子多於真真正正充飢。既然餓成這個樣子，他們爲什麼不打我們主意——他們三十人對我們五人——好吃一頓豐富的呢？我現在想起來還覺得奇怪。他們身材健碩、孔武有力，又不曉得顧忌後果；雖然這時皮膚已不再油潤發光，肌肉不再堅硬如鐵，但他們仍然有膽量、有氣力這樣做，爲什麼不動手呢？繼而我發覺這件事裡頭有一種抑制，那是人類獨有的神祕力量，足以打破計算學上的或然率。我愈來愈感興趣的望著他們——並不是因爲我知道可能不久便被他們吃掉，不過我得承認，我當時發現——可以說從一個新的角度——那些朝聖者看起來是那麼討厭，令我情願希望，不錯，真切的希望，我的容貌並非——應該怎麼說？——那麼——倒人胃口：那是一種古怪的虛榮感，與我當時一直縈繞腦際的夢感契合。我恐怕也有點發熱。人總不能不住地把著脈來過日子。我常常『有點發熱』，或者是一點其他什麼東西——荒野用利爪輕輕逗弄你，正是一次凶猛撲擊的輕鬆前奏。沒錯，我像你們視察隨便什麼人那樣看著他們，注意著他們的各種衝動、目的、能力與量度、弱點等等。要是遇上一次難以忍受的生理需要時，考驗的結果會是怎樣?抑制力!究竟什麼抑制力呢?是迷信、厭惡、耐性、恐懼?——又或是某種原始的榮譽之心?飢餓,不是任何恐懼所能擋住的,也不是任何忍耐力消磨得去,而一旦餓了,沒有什麼叫作難以下嚥;至於迷信、信念,或是你稱爲原則的東西,都不過如同風中穀殼,那有分量呢?你可曾嘗過長期挨餓之苦?那種令人火爆的折磨?那絕望的心境?那陰霾四合的壓迫?嗯,我是嘗過的。好好地抵受飢餓,需要一個人所有與生俱來的力量。親人喪逝、名譽掃地、靈魂沉淪等等,都比長期挨餓好受。很可悲吧,但事實如此。至於這些傢伙,應該絕無可能遲遲不向我們下手的。抑制力——我寧可盼望一頭鬣狗抑制不在屍骸遍布的戰地上取食呢!可是事實擺在眼前——一個令人疑惑不解的事實,有如在海底深處看見波浪的泡沫,一個深不可測的謎語面上的漣漪。我每想起這件事,便聯想到在河岸白霧迷濛之中,聽見那由哀痛絕望而發出的野蠻呼號,叫聲雖然古怪難明,但仍然及不上這件事那般神祕。

「兩個朝聖者你一句我一句的低聲爭論應該靠那一邊岸。『左邊。』『不,怎麼可以。右邊,一定要靠右邊。』『這件事很嚴重,』經理的聲音在我身後響起:『要是我們尚未到達,庫爾茲先生便有什麼差池,我可不堪設想了。』我望著他。完全相信他說的是心底話。他就是那種最顧面子的人。這便是他受到的抑制。不過他喃喃地催促即時啓航，我卻是睬也懶得理睬他。形勢放得很明白，立即啓航是不可能的事。船錨一起，我們便一定會漂浮在空氣中——在太空裡。我們會不知去向——不知是溯河而上或順流而下，又或是橫越河道——直到碰上了河岸——卻又不知道碰上的是那一邊岸。我當然沒有輕舉妄動，我不想汽船撞得稀爛。在那裡沉船可糟透了，若非即時淹死，也必遇上種凶險，匆匆送命。『我授權你冒一切危險前進。』他沉默了一會兒之後說。『我不要冒險。』我直截了當地回答；答案正是他預期的，雖然語氣方面可能使他詫異了。『那麼，我只得依你的判斷。你才是船長。』他說，表現得彬彬有禮。我扭轉身子向著他以表示謝意，繼而再凝視茫茫濃霧。霧要多久才散呢？我們簡直完全看不見前頭的東西。這位在荒蕪叢林裡蒐集象牙的庫爾茲，彷彿像個中了魔咒的公主，躺睡在一座神話中的堡壘之內，往堡壘之途重重險阻，擋住所有前去尋訪的人。『他們會攻擊我們嗎？你怎麼看？』經理推心置腹的問我。

「我看不會，基於幾個明顯的原因。濃霧是其一。假使他們乘獨木舟前來，他們便會迷失方向，就和我們開動汽船一樣。我又觀察過兩岸的森林，都是不容易穿過的——然而森林裡有許多雙眼睛，卻是看見了我們的。河邊的灌木確實非常濃密，不過後面的矮叢卻顯然攀竄得過。雖然如此，在濃霧暫時升起之際，我瞥見整條河段上都沒一艘獨木舟——肯定沒有船和我們汽船並行著。不過那些聲音——我們聽見的叫聲——本身才是最令我心安的。叫聲中沒有預兆立即進撲的凶殘成分；它雖然來得突然，而且野蠻凶暴，但卻清清楚楚的予我一種悲哀的感受。那些野人見了汽船，不知爲了什麼，哀傷得不能自已。我進一步說，若要說有任何危險，那便是由於我們太接近一群極度激動毫不自制的人。極度的哀傷最後也可能宣洩爲暴力——不過通常都以冷漠出之……

「你們真應該看看那些朝聖者蹙眉瞪目的樣子！他們無心再去訕笑，甚至沒有詬罵我；但我想他們以爲我瘋了——或許是嚇瘋了。我給他們正正式式的上了一課。小伙子，煩惱是沒用的。小心警戒？唉，你們知道，我望著那團白霧待它升起，就像隻貓盯緊老鼠一般；可惜不管如何努力，我們卻像埋藏在好幾哩厚的棉絮層之中，眼睛完全失去功能。感受方面也差不多——嗆喉、暖烘烘而氣悶。聽起來我好像信口開河，但卻句句是實情。我們後來所謂受到攻擊，其實那只是人家想把我們擋回去，與惡意侵略相去甚遠——按常理說，那行動連防衛也算不上：那是在絕境中壓逼出來的作爲，純粹屬於自我保護性質。

「事件是濃霧散去兩個鐘頭後起的，肇事地點大概離庫爾茲的貿易站一哩半。我們剛好搖搖擺擺的繞了個彎，發覺河中央有個小丘，看起來只是一叢鮮綠。除了這小丘便別無他物；可是當汽船向前航行時，我便發覺那是一個狹長沙洲的一頭，正確點說，那是一個沿河流中央向下游伸延的一列淺灘的前端。淺灘剛好被水淹過，顏色淺了，整列就在水面之下，十足像背脊隆起在皮膚下的樣子。照我看來，轉右或轉左都沒關係。不用說，我對左右兩條河槽都一無所知。兩邊河岸幾乎一模一樣，水深看來也相若；由於我知道貿易站在西面，自自然然便取了西面的河槽。

「進入了河槽不久，我便發覺它比想像中狹窄多。左面是那長長沒間斷的淺灘，右面是高聳陡峭的河岸，矮叢密布。矮叢之上橫列密麻麻的大樹，茂盛的幼枝長出河槽之上，此外還不時有條粗壯的樹枝橫伸出來。時近黃昏，森林沉鬱一片，大塊陰影已經落在河上。我們在陰影之中航行——慢吞吞的，你可以料想得到。我把汽船偏向岸邊——量水尺顯示靠岸的河水較深。

「我的一個榻著腹的朋友就在我下面船頭測量水位。這汽船就像一艘加了艙面的駁船。艙面上有兩間柚木小房子，門窗俱備。鍋爐裝在船首，機器裝在船尾。整個船面鋪了層輕便罩蓋，撐在幾根木柱之上。煙囪從這個罩蓋頂上穿出來，前面有個薄板建造的小艙室，做掌舵台之用。小艙室裡有一張長椅、兩張摺凳，一桿裝上彈藥的馬天尼·亨利式長槍靠在一角，還有一張小桌子和那個舵輪。前面一道闊大的木門，兩旁是大塊的窗板，門窗當然永遠開著。在日間，我坐在罩蓋的最前端，即小艙室的門前。夜裡，長椅就是我的床，能否入睡卻是另一回事了。舵手是個壯健的黑人，屬於海邊的一個部族，經我上一任那個倒楣的船長教導過的。他戴了一雙銅耳環，自腰至踝圍了塊藍布，一副顧盼自如的樣子。他是我生平所見意志最薄弱的笨蛋。有人在身旁的時候，他邊掌舵邊大搖大擺；別人走開了，他立即變得畏縮懦弱，轉瞬間反過來被那艘顛簸的汽船控制。

「我低頭望著那根量水尺，看見每量一次那尺便多一點突出水面，心中正懊惱不堪，突然之間，我見那量水的傢伙丟下工作，連那根量水尺也不收回來，便直挺挺的躺在甲板上。不過他仍然握著一端，讓量水尺在水中拖曳。在這個時候，我看見那個在我下面的火工也突然蹲坐在鍋爐前面，縮低了頭。我大為納罕。航道中又有塊礁石，使我必須立即注視河面。桿子、小桿子，到處亂飛──密密的，桿子在我鼻子前呼嘯而過，在我面前落下，撞在我背後那掌舵台上。這時候那河流、岸邊和叢林都非常寧靜──一點聲音也沒有。我只聽到船尾外輪沉重的拍水聲和這些東西的嗒嗒聲。我們十分狼狽的避過那塊礁石。噢！天呀，是箭！我們竟做了箭靶！我急忙走進艙室把向岸的窗板放下。那個蠢舵手把著舵柄，正高高舉起膝蓋，頓著足，咀嚼不停，活像一匹新上韁繩的馬。真是混蛋！我們正搖搖晃晃地前進，離岸才十呎。我須探身出右面窗外方能把重甸甸的窗板旋合，抬頭時正瞥見一個和我成水平的葉叢中有副臉孔，定著眼凶狠地盯著我；突然之間，好像眼前一塊面紗掀起了，我看清楚在那糾纏不清的陰暗裡，竟然有許多赤裸的胸膛、手臂、大腿、怒目而視的眼睛——矮叢裡密麻麻的是動作不休的人類肢體、閃著光的古銅色。幼嫩的樹枝在顫動、在搖晃、在沙沙作著響，從中射出支支利箭。後來窗板關上了。『船舵把直了。』我對舵手說。他的頭僵直不動，臉孔向前，不過眼睛仍然轉動。他繼續把舵，輕輕的把腳舉高放下，嘴巴冒出少許白沫。『別鬧！』我怒喝道。這何異要喝止一棵樹不要在風中晃動！我衝出掌舵台。我底下的甲板之上腳步雜沓；眾人不明所以的驚叫；一把聲音尖尖響起，『你駛回頭行不行呀？』我看見前頭有一個V字形的波紋。什麼？又一個暗礁！一輪槍聲在我腳下響起，朝聖者已經用上了他們的溫徹斯特快槍，不停向矮叢裡噴發鉛彈。一團煙霧湧起，向前慢慢飄去。我咒罵一聲，現在可看不見波紋或者暗礁了。我站在門口凝視前方，弓箭密密飛來。弓箭可能蘸過毒，但看來卻好像連隻貓也殺不死。矮叢開始嘩叫。我們的伐木工人發出一聲打仗衝鋒的巨喊；身後一根長槍轟響，震得我雙耳欲聾。我轉過頭一看，掌舵台一片喧囂，煙霧瀰漫，我於是匆忙趕去看看舵盤。那個笨黑鬼丟下一切不管，推開了窗板，拿起那桿馬天尼·亨利長槍猛放。他站在闊大的窗口前瞪眼外望，我大聲喝他走回來，同時奮力把突然轉彎的船弄直。河道太窄了，我就算要拐彎也辦不到，在討厭的煙霧之中，那暗礁離汽船很近，情勢危急，我只得把船擠向河岸——直駛向岸邊，我知道那裡河水最深。

「汽船靠著伸出河道的矮叢緩緩駛過，碰得嫩枝與樹葉紛飛。下面的槍聲倏地停止，不過這是意料中事，因爲子彈總會射光。這時颼地一聲，嚇得我忙把頭向後一縮，一道光芒從一邊窗口閃進，橫越掌舵台，再從另一邊窗口閃出。這時候那瘋舵手正揮舞空槍，朝著岸上狂叫，我順著他那邊望去，看見模糊的人影彎著身狂奔亂走，有的跳躍，有的滑過，一個一個分得清清楚楚，卻又沒一個完整的，轉瞬之間便消失無蹤。窗前突然閃現巨物，接著舵手的長槍掉下水裡，他已迅速退後，並回轉頭來看我一眼，那是很特別，但卻深刻而熟悉的一眼，然後倒在我的腳下。他的腦袋橫碰在舵輪上兩次，有一根看來像是長棒子的柄桿亂搗亂舞，打翻了一張小摺凳。看情形活像那舵手從岸上的人那處把那根東西搶過來，因爲用力太猛，沒有站穩。薄薄的煙幕已經吹散，汽船也避過了暗礁。我望向前頭，發覺再過大概一百碼左右，我便可以把船駛開，不用再靠岸邊；但這時候我的腳下又暖又溼，於是俯身看看。那個舵手已經翻轉身子仰臥著，眼睛直勾勾的瞪著我，雙手緊抓那根棒子。原來那是根矛槍的柄，矛槍插在他肋下的腹側，想必是從窗口扔進或用力插進來的；矛頭劃開老大一個傷口，直沒入體內，我的鞋子注滿了血；舵輪之下又有一攤靜靜凝止的血漬，閃現著烏紅色；一道異樣的光芒從他眼睛發放出來。槍聲又再密密響起。他滿臉焦慮的望著我，兩手如捧寶物般緊握那根長矛，好像誠恐我會把矛奪走。我費了好大的勁才把視線移開，而專心繼續掌舵。我騰出一隻手，伸到頭頂上方摸索汽笛的繩子，抓住後便一次又一次的拚命扯。剎那之間，由怒吼和戰號混合一起的嘈雜聲陡地止住，叢林深處繼而傳出一道顫抖悲哀的長鳴，鳴聲蘊藏一股震慄和絕望，就如慟哭世間希望最後的幻滅。叢林間驟起騷動，密集而來的利箭停了，只餘下幾聲刺耳的槍響——然後一切歸於沉寂，船尾外輪沉重的拍水聲可以清清楚楚的聽到。我正奮力把輪舵扭向右方，那個穿粉紅色睡衣的朝聖者就在這時候來到門前，神情緊張激動。『經理叫我來——』他以一種公事式的口吻說，接著便停了口。『噢，天哟！』他叫道，目光停在那傷者身上。

「我們兩個白人站在那舵手身旁，他那亮晶晶而帶著詢問的眼神把我們都包住了。我說真話，他那時候正想用一種共通的語言來問我們一些事；可是他死了，沒說一句話，沒動一動手腳，連肌肉也不抽搐一下。不過，在死前的一刻，他緊緊的皺了皺眉，好像在答應一個我們看不見的符號、一聲我們聽不到的細語。這一下皺眉，給他那被死亡覆蓋的黑臉孔，蒙上一副無限陰暗、沉默而具威嚇性的表情。那帶著詢問的眼神中的光彩迅速消散，只剩下一無所有的兩個玻璃球。『你懂得掌舵嗎？』我急忙問那名主任。他並不熱心；我於是用力抓了抓他的臂，他立即明白過來，知道我非要他掌舵不可。我告訴你們吧，我當時急於把鞋襪換掉，心理都反常了。『他死了。』那傢伙嚇得呆住，喃喃說道。『準死了，』我說，一面瘋了般扯脫鞋帶。『還有呢，我想這個時候庫爾茲也都死了。』

「當時這個念頭縈繞腦際。我感到失望透了，好像突然發現，我一直在追求一種完全沒有實際的東西。走了這許多路，要是僅僅爲了和庫爾茲談談，那可真無聊極了。和庫爾茲……我把一隻鞋扔出船外，猛然醒覺那就是我一貫的想望──和庫爾談談。我的想法很怪，原來我從未想像過他在做事，你懂嗎？我一直都想像他在講道理。我心裡不是說『我可見不到他了』，或者『我沒機會和他握手了』，而是『我聽不著他說話了』。這個人以一把聲音出現。當然，我並不是沒把他與一些行動聯想起來，我難道沒聽過人家出於妒忌也好，豔羨也好，說他弄到手的象牙──無論是採集、交易、混騙或偷盜而來──比所有貿易站主任加起來的還要多？不過，我說的不是這些。他是個天才，在他種種天賦之中，有一種最傑出又給人實質的感覺，那便是他說話的能力，他的話──那表達一己的天賦，能迷惑眾生，又能啓發人心，最崇高、又最令人不齒，從深不可測的黑暗中心，它照射出振聾發聵的光輝，又或是發放蔽人心智的謬論。

「另一隻鞋也飛到那條河流的鬼神懷中去了。我想道，天啊，一切都完了！太遲了；他去了──那份天賦也去了，是矛，是箭，是棍子，反正把他弄去了。總言之，我是再也聽不到他說話了──我當時悲痛欲絕，那份感情之烈，比叢林裡那些野人悽愴嚎叫也不遑多讓。我但覺孤零悲愴，就算是信念崩潰，或是溜失掌握命運的機會，悲傷也不外如是……是誰嘆氣嘆得這麼個鬼樣子？沒道理嗎？好罷，沒道理。老天呀！難道人不應該……來，拿些煙絲給我。」

在片刻深邃的沉靜中，一根火柴擦亮了光，照見馬洛瘦削的臉龐，他形容憔悴，雙頰深陷，臉上一道道垂直皺摺，眼蓋低垂，但卻一副聚精會神的樣子；他使勁吸煙斗時，那小小火焰便依循著時明時暗，臉龐也就在黑夜裡驟隱驟現。火柴熄掉了。

「沒道理！」他大叫道：「這個最難說得明白……你們這些人，每個人都有兩個好好的地址，就如一艘船有兩個錨那麼穩當，街頭有個肉鋪子，街尾有個警察，兼且胃口奇佳，又從未發熱──你聽清楚嗎──一年到頭都沒發過熱。於是你就說沒道理！沒道理！──去上吊吧！沒道理！我的好朋友們，一個緊張得剛把雙新鞋子扔到船外去的人，你還能指望他做些什麼？回想起來，我還奇怪怎麼當時沒哭出來呢！總而言之，我頗爲自己的堅忍而自傲呢。我當時只想及錯失了聆聽天才庫爾茲說話的無上良機，所以心痛如絞。我不用說是錯了；良機正等著我。噢，不錯，我還聽得夠有餘呢。而且有一點我當時是想對了。一把聲音。他比一把聲音實在強不了多少。我聽到——他那個人——他那把聲音——別人的聲音——一概都比聲音強不了多少——那時候的經歷纏繞著我，一段虛無縹緲的回憶，就像一大篇謬論遺留下來的震盪，又蠢，又凶，又髒，又野蠻，再不然就說是下流吧，什麼意義都沒有。聲音，聲音——甚而那姑娘也是——現在——」

他停歇了好一會。

「最後我撒了個謊，才驅走他種種才具的鬼影，」他忽地開口說：「姑娘呢！我說有個姑娘嗎？噢，她沒有份兒的——半點兒也沒有。她們——我指那些女人——沒有份兒——理應沒有她們的份兒。我們必須幫她們存身在她們專有的美好世界裡，不然我們的世界便會更糟了。噢，那是不容她參與的。你們要是聽得到那個從墳墓挖掘出來的庫爾茲先生的屍骸說『我的未婚妻』，你們便會立刻曉得她完全沒份。嘿，還有庫爾茲先生那方高高的額骨呢！人家說頭髮有時候死了還生出來，可是這個——唷——樣本呢，卻是禿得真像樣。蠻荒輕輕拍過他的腦袋，你看看，它像一個球——一個象牙球；蠻荒撫摸過他，於是，噢！——他枯萎了；蠻荒要了他，愛過他，摟抱過他，滲入他的血管，吃盡他的肌肉，又行過些什麼沒人懂的妖邪入門儀式，把他的靈魂吸攝過去。蠻荒對他溺愛驕縱，無微不至。象牙嗎？我想有吧。一堆堆，一垛垛。那所破泥房子塞了個脹滿，你會以爲整個國家地上地下一根象牙都沒剩下了。『大部分是化石罷了。』經理曾經以不屑的語氣說。那些是化石，我也算是化石了；不過凡是從地底挖出來的，他們統稱爲化石。看起來這些黑鬼有時候的確把象牙埋起來——可是不用說也是埋得不夠深，不能救回那位天才庫爾茲一命。我們把象牙盛滿了汽船，還得要在甲板上擱上許多。這樣他便看得見了，而只要他能看得見，便會怡然享樂，因爲他對象牙的愛至死不渝。要是你們能聽見他說『我的象牙』就好了。不錯，我是聽見了。『我的未婚妻，我的象牙，我的貿易站，我的河，我的——』什麼都是他的。他這些話令我屏住氣息，等候蠻荒轟然狂笑，直要把天空的星辰也震動起來。一切都歸他所有——不過這還是小事而已。最重要的，是弄清楚他歸屬什麼，有多少黑暗的勢力要把他收歸己有。這個念頭最令人毛骨悚然。根本不可能猜得著——猜也沒益處。他在這片土地的眾多魔鬼之中稱王稱霸——我是說真的。你們不會明白。你們這些人——腳下是結實的行人道，周圍的好鄰舍不是讚你便是損你，在肉店與警察之間警警惕惕地走著，既怕醜事張揚，又怕上刑台，又怕關進瘋人院——怎麼能夠想像，由於孤獨，連一個警察也看不見——也由於悄寂——極度悄寂，聽不到好鄰居的私議而生警惕——一個人順著無拘無束的兩腿會走到這洪荒地區的什麼地方去？警察和鄰舍這些小事，能把一切改變過來。缺了這些，你便要靠自己與生俱來的力量，靠你自己的忠信。當然，你可能蠢得太厲害了，根本不懂得出錯——你呆笨得甚至不知道正在受黑暗勢力攻擊。依我看，蠢才從來不會拿靈魂跟魔鬼論價的：可能蠢才太笨了，又可能魔鬼太凶吧——我不知道哪個才是原因。又可能你超凡入聖，眼中但睹玉殿金闕，耳裡只聆仙樂飄飄，捨此以外不見不聞。那麼地球於你只是塊踏腳石而已——這樣一來你究竟是得是失，我便不敢置喙了。然而我們常人都不屬於這兩個極端。地球是我們過活的地方，我們避不開這裡的色，這裡的聲，還有這裡的氣味，譬如嗅死河馬啦，還要不受傳染害病。在這兒，你明白嗎？你的力量派用場了，你是否自信可以挖些不甚為人注意的洞，用來埋藏那東西——忠信的力量，不是忠於你自己，而是忠於一種不顯耀、卻叫人鞠躬盡瘁的事業。這可真夠難的。不過你可要弄清楚，我不是在辯護，連解釋也算不上——我只想向自己說明白何以——何以庫爾茲先生——庫爾茲先生的幽靈做這樣的事。這個深悉其中奧祕的新鬼，從不可知之地的暗處走出來，在還未消逝無蹤之際，對我盡吐隱私。原因在於他能對我說英語。

「原來的庫爾茲曾在英國讀書，所以他的所愛所惡都並不荒唐——他自己說的。他母親有一半英國血統，父親有一半法國血統。整個歐洲都有份塑造庫爾茲；沒多久，我又知悉一件最合乎情理的事，原來那個『國際禁制野蠻風俗協會』曾委託他擬撰一份報告，以做日後釐定政策的指南。他寫了。我見過那份報告。我讀了。報告雄辯滔滔，滿紙激情，但我覺得太過火一些。真難明白，他竟有時間寫上密麻麻十七頁的文章！不過，這個報告無疑是寫在他精神——呃——錯亂以前，以後他就不時在半夜主持爲他而作——你明白嗎？——爲庫爾茲先生而作——的歌舞，收場時還有些說也說不出口的儀式——都是我從聽回來的零碎片段中得來的印象，是我很不想有的印象。那份報告的確寫得洋洋灑灑。可是，現在參照著後見之明來看，報告上的第一段卻有不祥的預兆。他首先指出，我們白人發展在先，『在他們——野人面前必然恍若超人——我們帶著神靈一般的威嚴去到他們那裡。』等等，等等。『只要心中起意，我們可有無窮無盡的力量爲福』等等，等等。從這點出發，他便直上雲霄，使我也御風而行了。結論雖然不容易記得牢，卻是慷慨激昂。它令我想像一團凜然的仁愛，君臨一片無垠的異域。它令我興奮得輾轉反側。這就是雄辯的無邊力量——話語，熊熊燃燒的神奇話語。文章滔滔不絕，一句也沒有提到應當採取什麼實際方法，只是末頁上一句摘要性質的話也許算是個方法吧，那句話顯然隔了很久才潦潦草草寫上去，還是戰騰騰地寫的。句子直截了當，在一篇鼓動愛人若赤的文章之末，它像晴空裡一道霹靂，既閃亮又嚇人：『把野人悉數消滅！』很奇怪，他一定把這句珍貴的篇末補語忘得一乾二淨了，因爲後來他在稍微清醒時，再三叮囑我小心保管『我的簡論』（他自己叫的），說那篇東西日後會大大幫助他的事業發展。這一切一切我都很清楚，不僅如此，後來我還保管他的遺物與事跡。我爲這件事出了許多力量，自然具有處理全權，只要我喜歡，我可以把它丟到人類進步的垃圾箱裡，讓它與一切廢物，以及所有可喻爲文明死貓的東西一起永遠安息。可是你知道啦，我沒選擇餘地。人家忘不了他。不管怎樣講他，他就是不平凡。使妖術也好，靠威嚇也好，他能夠號令原始民族爲他狂歌亂舞；他又能令朝聖者小小的心靈痛苦不安；他還至少有一個忠誠的朋友，在世上征服了一個既非原始又非只顧私利的靈魂。我辦不到；我不能夠忘記他，雖然我並不至於肯定說這個人值得我們犧牲那一條性命去找尋。我很懷念我那個死去的舵手——他的屍骸還躺在掌舵台時，我已經開始懷念他了。你可能覺得十分奇怪吧，一個野蠻人，就如一個黑色撒哈拉沙漠中的一顆沙，值得什麼懷念？唉，你可知道他確實做過點事，他把過舵；幾個月來，我叫他幫我做事——做一個幫手——一副工具。我們之間有一種合夥作伴的關係。他爲我把舵——我要照料他，擔心他出岔子，於是彼此產生一種微妙的聯繫，到這種聯繫突然斷開之時我才知道。他受傷的時候望了我一眼，目光中包含的深厚親切之情，一直留在我的腦海中——就像追溯遠親關係，在最要緊的一刻得到證實。

「蠢才呀！只要他不去動那塊窗板便沒事了。他沒有抑制力，沒半點抑制力——和庫爾茲一樣——像棵樹隨風搖曳。我一待穿上了雙乾拖鞋，便拔掉他腹側那根矛槍——坦白說，我是緊閉雙眼來拔的——接著把他的屍身拖出來。他的兩隻腳跟在那低低的階級上一同跳一下；他的肩膊緊貼我的胸膛；我在背後拚命摟住他。哎！他真重呀，非常重；我想他比誰都要重。然後我更不打話，把他推翻到河裡去。流水像攫住一小把青草，只見他的屍身翻了兩轉，便從此與我們永別了。朝聖者和經理一應擠擁在掌舵台周圍的有篷甲板上，像一群跳蹦蹦的喜鵲般吱喳不停，而且還低聲批評我冷酷無情，那麼快便把屍身丟掉。我真弄不清他們要留下屍身擺著幹什麼。可能是要塗抹香料保存起來吧。不過我又聽到甲板下面傳來另一陣交頭接耳之聲，徵兆十分不祥。我那些伐木的朋友們也同樣的不滿，而且理由還更爲充分——但我得說那個理由是接受不來的。哎，不成嘛！我主意已定，如果我那位故舵手要不得全屍的話，就只讓魚兒享用好了。他活著掌舵時，只是個很二流的貨色，但現在死了，卻可能成爲個一流的誘惑，或許會惹起嚴重的騷動。除此之外，我還急於重掌舵輪，因爲那個穿粉紅睡衣的傢伙笨手笨腳，對掌舵一竅不通。

「簡單的殯禮一完，我便立即親自把舵。汽船以半速在河道正中央前進，另一方面，我豎直耳朵聽身旁的談話。他們不再想庫爾茲，不再想貿易站了；庫爾茲已死了，貿易站已燒了——諸如此類的話。那個紅髮的朝聖者興奮得忘了形，他說至少可憐的庫爾茲血債已經得償。『嘿！我們一定殺了矮林裡不少野人吧，嗯？你怎麼說？唔？』這個嗜血的小傢伙勁頭十足，真真正正的手舞足蹈起來。可是他剛才看見那傷者時，卻幾乎昏了過去呢！我禁不住說：『怎麼也好，你總算弄出了不少煙霧。』依剛才矮林裡樹頂亂搖來看，我知道子彈幾乎全都射高了。除非先瞄準，再用肩膊托著槍柄發射，否則一定射空；而這些傢伙卻閉上眼睛，槍頂著屁股射的。野人所以撤退，我力指是汽笛尖聲大鳴的效果——後來證實果然如此。他們聽聞此言，就撇下庫爾茲不談，憤憤不平地和我譁辯。

「經理站在舵輪之旁，機密非常的咕噥，說無論情況如何，入黑前必須沿河而下，遠離那個地方；在這時候，我看見遠處河邊有片空地，還有一些建築物之類的輪廓。『這是什麼呢？』我問道。他拍掌稱奇。『貿易站呀！』他叫道。我於是立刻向那邊駛去，船依然保持半速前進。

「我在望遠鏡裡看到一座山丘，只有疏落幾株樹，完全沒有灌木矮叢。山頂有幢長長的房子，已見頹倒破爛，半掩在高高的野草之中；從遠處望去，屋脊上纍纍大洞張著黑沉沉的口；森林和樹叢就做了背景。圍欄籬笆之類的東西都看不見；但從前顯然是有的，因為屋旁還豎著一排六根略經修削的細長木桿，桿頂飾著圓形雕刻品。中間那些什麼橫欄等等東西已經不知所蹤。當然，這一切都在森林包圍之內。河岸是空空的一片，只見一個白人，頭上蓋著頂車輪似的帽子，把整條手臂使勁地揮動招呼。我細察森林上上下下的邊緣，差不多敢肯定的確看見有些東西在動——人的形體飄來滑去。我小心翼翼把船駛過去，接著關了引擎，漂流而下。岸上那人開始大喊，催促我們登岸。『我們給人射了一頓呀！』經理尖叫道。『我知道——我知道。現在沒事了。』那人喊著答道，顯得非常開心：『來吧，沒事了。我好高興。』

「他的模樣令我想起以前見過的什麼東西——不知在那兒見過的有趣東西。我一面泊岸一面想，『這傢伙像什麼呢？』猛然我憶起了。他像個馬戲班小丑。他的衣裳原先大概是褐色的荷蘭料子做的，但卻綴滿一塊塊的布片，色彩鮮明，藍呀、紅呀、黃呀——背脊、胸前、手肘、膝蓋，處處縫補；他的外套鑲上彩邊，長褲腳下圍了深紅色的帶子；陽光照耀之下，他顯得格外開心，而且異常整潔，因為誰都看得出那些布片是如何精心細意地綴上去的。他沒有鬍鬚，一副孩子臉，皮膚很白，沒什麼特徵，鼻子正在脫皮，小小一雙藍眼睛。在這副坦率無詐的臉龐上，怡色與愁容交替出現，就像個當風平原上的陽光和陰影。『小心呀，船長！』他叫道：『昨晚這裡漂來了一塊沉木。』什麼！又一塊沉木？我當即口出粗言，真不好意思。我先前差點兒就把我那艘破船洞穿，結束了這場暢美的旅程。岸上那小丑向我翹翹小小的獅子鼻。『你是英國人嗎？』他滿臉笑容問道。『你呢？』我在舵輪邊喊道。他隨即收斂笑容，一面搖著頭，好像因爲令我失望而抱歉。接著他又高興起來。『沒關係！』他大聲說，讓我好過些。『我們沒來遲吧？』我問道。『他在上面，』他答道，頭往山那面一搖，面容霎時變得十分沉鬱。他的臉龐有如秋日長空，一時陰霾四布，轉眼間又萬里無雲。

「經理在全副戎裝的朝聖者簇擁下走進了屋子後，這人便登上汽船。『聽我說，我覺得不妙。土人就在矮樹叢裡，』我說。他煞有介事的保證不會有問題。『他們都很容易應付，』他加上一句：『哎唷，我很高興你來了。我爲著趕開他們忙個不停。』『可是你才又說不會有問題。』我叫起來。『他們不礙事的。』他說。我盯著他，他於是改口說：『也不是絕對。』然後神色活潑地說，『老天呀！你的掌舵台可要清理一下啊！』他隨即提醒我，叫我鍋爐裡要儲存足夠蒸氣，以便出亂子時能鳴笛。『汽笛拉得夠響，比較胡亂放槍靈驗得多。他們都很容易應付。』他重複說。他不停地吱吱喳喳說話，使我不知如何是好。他似乎很久很久沒說過話了，現在要盡情傾吐；他自己也一邊笑，一邊隱隱說出，事實的確如此。『你不和庫爾茲先生談話嗎？』我說。『我們並不和他談話——只有聽他的，』他興高采烈地嚷道：『不過現在——』他揚起手臂，眨眼之間又變得絕望頹喪。過不了一會，他重新歡喜雀躍，握著我雙手猛搖，一面夾七夾八地說：『水手兄弟……光榮……快慰……歡欣……自我介紹……俄羅斯人……總主教的兒子……譚波夫政府……什麼？煙絲！英國煙絲；頂瓜瓜的英國煙絲！呀，這才是兄弟嘛。抽煙？那有不抽煙的水手！』

「煙斗使他鎮靜下來，我逐漸弄清楚，他原來從學校裡逃出來，上了艘俄國船做工；後來又走了；在英國的輪船做了一段時期，如今與做總主教的父親言歸於好。他特別指出這點。『不過人得趁年輕時看看天下萬物，吸取經驗知識，擴大思想領域。』『在這兒！』我打斷他的話。『也說不定！我在這裡遇上庫爾茲先生，』他說，一副年輕人一本正經的樣子，而且有點責怪我的味道。我隨即閉上口，不再多言。據他敘述，他似乎說服了沿岸一間荷蘭貿易公司爲他裝備好糧食和貨品，然後心情輕快地向內陸進發，從沒有想過會有什麼事發生在自己身上，就像個娃娃般不知天高地厚。差不多有兩年的日子，他獨自一人在這條河上亂闖，與世間人事完全隔絕。『我長得嫩，其實有二十五歲了。』他說。『范雪庭老頭最初罵我不如自己去死掉，』他道來津津有味：『可是我苦苦纏他，不厭其煩的說他，終於他怕了我死纏爛打，給了我一些平價貨品、幾把槍，說不想再見到我。范雪庭，多麼慈祥的荷蘭光頭啊。一年前，我寄了一小綑象牙給他，好讓我回去的時候他也不能叫我做偷兒。我希望他收到了。別的事我可不管了。我留下一堆木柴給你們。那是我從前的屋子。你見到了嗎？』

「我把托遜那本書遞給他。他表現得像是要吻謝的樣子，不過最後還是抑制住了。『我遺下就這一本書，我還以為丟失了，』他說時，欣喜若狂的望著那書：『你可知道，一個人到處走碰上的意外太多了。獨木舟不時翻沉——有時候他們土人生氣了，你得要趕快走開避避。』他一頁一頁的揭著書。『你做筆記用俄文吧？』我問道。他點點頭。『我當時還以為是密碼呢。』我說。他笑了笑，然後變得認真起來。『我頂著這些人，好不容易。』他說。『他們要殺你嗎？』我問。『噢，不！』他叫道，卻又突然住口。『那麼他們為什麼要打我們？』我追問。他猶豫了陣子，然後滿不好意思地說，『他們不要他走。』『真的？』我狐疑地問道。他充滿神祕和智慧的點點頭。『你聽我說，』他嚷道：『這個人擴大了我的思想領域。』他大大攤開雙手，小小的藍眼睛緊盯著我，那是一雙圓得可以的眼睛。」——

第三章

「我望著他，驚愕得不知所措。這個人就站在我面前，衣飾七彩繽紛，活像個從滑稽劇團逃出來的演員，他充滿熱誠，幹勁十足。世上居然有這樣的人，真是件不可能、沒道理的事，令人迷惑暈眩。他是個難解的疑團。很難明白他何以能熬過來，能深入內陸，能繼續活下去——爲什麼他不立即消失無蹤。『我繼續深入一點。』他說：『然後又深入一點——直至太深入了，連我也不知道怎樣才能夠回頭。沒關係。時間多著。我應付得來。你快帶走庫爾茲——快——真的。』青春的榮光，籠罩著他繽紛的百結衣，把他的匱乏、孤獨、到處流浪又一無所得的必然悽愴完全蓋住。多少個月來——多少年來——他的生命朝不保夕；而他現在卻結結實實、一無顧慮地活著，分毫不損，皆因他英年剛毅，勇往直前。我不禁興起一種有若羨慕——有若妒忌之心。是榮光在催促他不斷前進，也是榮光教他安然無恙。顯然易見，他並不要從蠻荒得到好處，他只要一塊能呼吸的地方，一條能讓他繼續向前走的路徑。他要的只是活下去，藉著少得無可再少的配備，甘冒極大的危險前進，再沒有一個人比這鶉衣青年更受那種完全純粹、不計後果、不切實際的冒險精神左右的了。他這份高潔的熱情，令我幾乎心生嫉妒。這份熱情似乎把一切私心完全掩過，甚至他在和你說話，你也忘了他——你眼前的這人——就是做過這些事的人。雖然這樣說，他對庫爾茲之忠心不貳，卻贏不到我的妒忌。他沒經深思熟慮。事情一來，他便急忙當作命中注定一般承受了。照我看來，在他遭遇的種種事件中，這件事似乎最為凶險。

「他們兩人弄到一起是免不了的，就像兩隻走不動的船靠近了，最後邊碰邊的停泊起來。我想是庫爾茲需要有人聽他講話，因此有一次在森林宿營時，他們兩人談了一整夜，或者應該說，庫爾茲說了一整夜的話。『我們無所不談。』他回憶起來很興奮。『我連天下間有睡覺這回事也忘了。那一個晚上好像一個小時都不到。我們無所不談，一切一切……連愛也談到。』『啊，他竟跟你講到愛情！』我覺得滿有趣。『不是你想像的那種，』他叫道，語氣有點激昂：『是廣義的愛。他教會我看事物——一切事物。』

「他把雙臂揚起。當時我們站在甲板上，我那些伐木工人的頭領逛得接近，轉過頭，拿那雙沉沉然而閃著光的眼睛看著他。我遊目四盼，也不知道爲了什麼，不過我可以肯定的跟你們講，我第一次發現，這塊土地，這條河，這片森林，這個閃光的天穹，原來是這麼無可救藥，那麼黑暗，既非我們人類所能了解，又對人類的弱點這麼無動於衷。『那麼，不用說，自此你便和他在一起嘍！』我問。

「剛好相反。看來由於種種原因，他們總是聚少離多。庫爾茲習慣獨來獨往，走到樹林深處。不過，他又洋洋自得地告訴我，他在庫爾茲兩次患病的日子裡得以侍奉左右（他說這件事的時候，就像你們形容某些英勇懋績的樣子）。『我到這個貿易站見他，往往要等呀等呀，』他說：『苦候也是值得的——有的時候。』『他在做什麼呢？探險還是什麼？』我問。『噢，當然是啦。』庫爾茲發現了許多村落，還有一個湖呢——他不清楚正確的方位；查問太多也危險——不過他主要是去找象牙。『但是他那時候可沒有東西和人家交換啊，』我駁道。『還有許多子彈呢，』他說，同時把視線移到別處。『講得簡單些，他就是去搶。』我說，他點點頭。『那麼，總不會是一個人幹吧！』他喃喃地說了些有關湖周圍村落的話。『庫爾茲使那個部族聽命於他了，是嗎？』我試探道。他顯得有點忸怩不安。『他們崇拜他，』他說。他說這句話的語氣十分特別，令我不禁緊緊的盯著他。這是個很矛盾的現象，他一方面想大談特談庫爾茲，另一方面卻欲言又止。那個人充塞在他的生命裡，占據他的思想，又支配他的七情六慾。『你還想怎麼樣？』他忍不住口了；『他來到我們跟前，帶著雷聲電火⑦，你知道啦——他們又從沒有見過這樣的東西——那麼可怕。他可以變得非常可怕的。你不能當庫爾茲是尋常的人來評價。不能，一百個不能！看——爲了說得具體點——我不妨對你講，有一天，他連我也要打死——但我不能說他半句。』『打死你！』我嚷起來。『爲了什麼？』『是這樣的，我屋子附近那條村的村長送了我一小批象牙。因爲我常常替他們打個蟲兒鳥兒。他嗎，想要那些象牙，不肯聽我講理。他說出來了，如果我不交出象牙、不捲鋪蓋，他便開槍打我，因爲他做得到，而且他滿喜歡做，只要他高興，要殺個把人，世間可沒有什麼擋得了。這是千真萬確的。我把那些象牙送了給他。我有什麼在乎？但我沒有捲鋪蓋。沒有。我不能離開他，當然，我得處處小心，後來有段日子我們又和好如初，那便是他第二次病倒的時候。其後我又得迴避一下；不過我並不介意。他大部分時間住在湖上那些村落裡。他下來到河邊的時候，間中也來找我，別的時候嘛，我還是小心點兒

⑦ 指槍。

好，這個人受折磨太多了。他很不喜歡這種生活，但不知道怎的就是脫身不了。我有機會就求他趁著還來得及，試試能不能離開；我答應陪他走。他這頭答應了，那頭又留下來；又出去蒐集象牙了；一失蹤就幾個星期；在這些土人當中又忘形了——忘形了——你懂我的意思。』『哼！他瘋了。』我說。他激憤地與我辯駁。庫爾茲先生不會發瘋的。假如我聽過他講話，不過兩天之前吧，我便不會斗膽說這樣的話……交談之際，我拿起望遠鏡，望向岸邊，掃視上下游和屋子後面的樹林邊緣。叢林是那麼寂靜——有如山上那幢破屋般杳無聲息——但我卻知道那裡躲著人，這種感受令我好不自在。在大自然的表面上，完全看不見這個奇異故事的跡象，這個故事不是清楚說出來的，而是把淒苦的喊叫，然後是聳聳肩背，或是斷斷續續的句子，或是以長嗟浩嘆結束的暗示等七拼八湊而成。樹林文風不動，像個面罩——重甸甸的，像監倉關上了大門——以心知肚明、耐心期待和漠然不可親近的神情，注視著四周。那個俄國小子對我說，庫爾茲先生不久之前帶領湖邊部族一應的鬥士來到河邊。在此之前，他已經好幾個月沒有現身了——我想怕是去贏得土人們膜拜吧——突然從上頭走下來，顯然是要洗劫河流對岸或下游的村落。不用說，再攫取些象牙是首要之務，其他——我應該怎麼講——比較少實際利益的抱負只好將就些兒了。可是他病突然惡化。『我聽說他病得什麼也不能做，於是我上來看他——懷著姑且一試的念頭，』那俄國小子說：『哎，他病得很重，非常重。』我把望遠鏡對到屋子去。看不見生命的跡象，但見頹塌的屋脊、僅露在野草之上的長泥垣、三個做窗子用的小方洞，個個大小不同；這一切在望遠鏡中都到了我觸手可及的範圍內。接著我把望遠鏡一動，那個破落無跡的圍欄中的一根木桿，陡地躍進望遠鏡的視野。你可記得我剛才說過，在這些荒蕪之地，隔遠看見些刻意的裝飾。心裡很覺得怪異。現在我忽然可以就近一些來看了，我第一個反應便是把頭往後一仰，有如閃避迎面的一拳。我隨後用望遠鏡逐一細察那些木桿，才知道我剛才看錯了。那些圓滾滾的不是裝飾品，是用來象徵的東西；它們的意思很清楚，卻又很不明白，令人吃驚，更令人不自在——可供沉思默想，但如果有禿鷹從天空下望，也足供一飽；不過這樣也好，不畏辛勞的螞蟻已經先拔頭籌，爬到桿頂大快朵頤了。桿頂上的那些人頭，若不是朝向屋子的話，給人的印象就會更爲深刻。只有一個臉向我這邊，那就是我最初看到的一個。你也許以爲我一定嚇壞了，其實可沒有。剛才把頭仰後，只是因爲一時看見些出乎意料以外的東西而已。你知道啦，我原以爲會看見圓滾滾的一塊木頭的。我特意轉回去看看最初見著的那一個——一點兒不錯，黑的、乾巴巴的、皮肉收縮下陷、眼蓋閉合著——一個像是在桿頂睡著了的人頭，兩唇乾燥收縮，露出一縫白牙微笑，似乎在永恆的沉睡裡，做著個沒完的美夢。

「我現在可沒有洩漏什麼貿易祕密。事實上，經理後來還說，庫爾茲先生的處事手法把那個地區的生意弄得一塌糊塗。在這一方面，我沒有意見，但我想你們弄清楚，掛著這些人頭根本無利可圖。那不過表示庫爾茲先生在滿足他種種慾望的當兒，對抑制力有付闕如了——又表示他缺乏了一些東西——小小一點東西，當急切需要時，在他滔滔辯才之中卻遍尋不著。我不清楚他是否自知有這種缺陷。我想最後他知道了——不過卻在最終的一刻。但蠻荒老早便找著了他，對那瘋狂侵略施以殘酷的報復。我想蠻荒在他耳畔細訴過一些話，一些關於他自己而他卻不自知的事，一些在他未和這片廣大蠻荒共議之前他一無知覺的事——那番話顯然具有無可抗拒的吸引力。它在他內心轟轟回響，因爲他內裡空蕩蕩無一物……我放下望遠鏡，那個與我接近得可以互相交談的人頭便似乎倏地躍跳回去，退至遠不可及的地方。

「那個庫爾茲迷有點兒洩氣。他急忙模糊不清地向我解釋，說他不敢把這些——嗯，象徵——除下。他並非怕了那些土人；沒有庫爾茲先生的命令，土人不會胡來。庫爾茲先生的地位成爲至高無上，真是很奇怪的。土人的營幕圍繞著那屋子，他們的酋長每天都去謁見他。他們爬著去……『謁見庫爾茲先生用什麼儀式，我完全不要聽！』我嚷道。很奇怪，我預想到儀式的細節，比之庫爾茲先生窗戶下那些曬晾的桿頂人頭，令人更受不了。說到頭來，這些人頭等等還不過是個殘酷的景象而已，我卻好像突然之間墜進一個陰森恐怖、不見天日的境地，在那裡，單純的粗野暴行都反而令人能舒一口氣，因爲——顯然易見——暴行也還見得人。那年輕人愕然的望著我。我看他也許不明白庫爾茲先生並非我的偶像。他忘記了我從來沒聽過這些，嗯，講什麼？講愛，講正義，講做人原則——或者講其他大道理的堂皇說話。若說在庫爾茲先生面前要匍匐而行，他就和那個最野蠻的土人爬得一樣多。他說我不清楚實情：這些人頭都是反賊的人頭。我哈哈的笑起來，把他嚇了一大跳。反賊！還有什麼新鮮的名詞沒有？我從前聽過敵人、罪犯、工作人員——現在這些叫反賊。桿頂那些反賊的人頭，看起來是那麼馴服。『你不知道像庫爾茲這樣的人，受盡這種生活多少折磨。』庫爾茲最後的門徒叫道。『嘿，那你呢？』『我！我！我是個普通人。我沒有偉大的思想。我不要人家什麼。你怎可以拿我去比擬……』他感情盈溢，言語表達不來，而突然間垮了。『我了解不來的，』他呻吟著說：『我一直竭力讓他活著，別無餘力了。這一切都沒有我的份兒。我沒有能力嘛。幾個月了，這兒沒有一滴藥水，沒有一口病人吃的食物。大家理也不理他，真不要臉啊。一個這樣的人，這麼有思想的人。真不要臉！真丟人啊！我——我——這十天沒睡過覺……』

「他的聲音消散在黃昏的靜謐之中。我們談著，森林長長的影子已從山上覆蓋下來，掩住那所頹敗的房屋，越過那排富有寓意的木桿。這一切都給陰影籠罩。不過我們在山下仍然有陽光照到，那一段與空地並排的河流，在靜止而耀眼的光彩中閃閃生輝，但河道上下彎處卻都是迷濛的灰影。河岸上不見一個生人。矮林悄無聲息。

「突然之間，屋子角落轉出一群人，活像從地底鑽出來的。他們在齊腰的長草中前行，緊緊擠成一團，中間抬著一副草草釘造的擔架。就在這時候，四周虛無之中響起一聲叫喊，其勢銳不可當，劃破了悄靜的空間，有如一支尖矢，直貫入大地的心臟；接著，彷如驅魔作法一般，一隊隊的人——赤身露體的人——手執矛槍、弓弩、護盾，揚眉瞪目，狂奔亂跳，湧到暗沉鬱鬱的森林之旁那片空地上。矮林顫動起來，長草搖晃了一陣子，然後萬物凝神，肅立恭候。

「『現在如果他的話說得不對，我們全體都沒命了。』站在我肘邊的俄國小子說。離汽船還有一半的路，那群人和擔架停了下來，好像頓成了化石一樣。我看見擔架上的人坐起來，身子高過擔夫的肩膊。他身材瘦削，舉高一條臂膀。『希望這個日常善講愛心的人，這一回找到個特別的理由救我們一命吧。』我說。我們的處境不妙，究竟是何道理？我爲此憤憤不平，覺得竟要任由這個凶殘的魅影擺布，是一件羞恥的事。我聽不到半點聲音，但藉著望遠鏡，看見那條瘦削的臂膀伸出來指揮號令，這個鬼魅的頭顱深陷見骨，正在詭異地抽搐扭動，它的下顎振動，雙眼在眼眶深處陰森閃爍。庫爾茲——庫爾茲——這個字在德文上解作『短小』吧⑧——不是嗎？嗯，這個名字就像他一生以及一死——之中一切其他事物那麼真實。他看起來至少有七呎長。被蓋已經滑下，他的軀體露出來，可憐又復可怖，就像從裹屍布褪出來的屍身一樣。我可以看見他整個肋骨架子動著，手臂的骨頭晃著。那情景就好像一個用陳年象牙雕塑得栩栩如生的死神之像，仗勢施威，對著一群一動不動的人揮手，那些人都是用黑黝黝光閃閃的青銅打造的。我看見他把嘴巴張盡——這個姿勢使他看來貪饞得出奇。彷彿要把所有的空氣，所有的土地，以及眼前所有的人統統吞掉。一把低沉的聲音隱約傳到我耳中。他必然是在大聲喊叫著。突然之間，他仰身跌倒。擔夫繼續蹣跚前進，擔架搖晃不定，而那大群野人差不多馬上就逐漸消失，但從他們的動作卻看不出任何撤退跡象。剛才森林突然把這些人噴出來，但似乎在一聲長吁之後，又將他們吸回去。

⑧ 庫爾茲的原文是Kurtz。

「走在擔架之後的一些朝聖者替他拿著槍械——兩支霰彈槍、一支長槍和一支輕型轉輪卡賓——那就這個可憐的天神的霹靂了。經理走到他頭部之旁時彎低身喃喃說了些話。他們把他放在那些小艙房其中一間內——是那種小房間，僅可放一張床和一兩張凳子。我們給他帶來過了期的信件，於是撕開的信套和打開的信撒滿一床。他的手軟弱無力地在信件之中摸來摸去。他的眼神是火辣辣的，舉動無力但卻泰然自若，令我十分驚異。那並不是受病消磨淨盡的模樣。他看來並不覺痛苦。這個靈顯得饜足而平靜，似乎一切情緒當時都滿溢了。

「他沙沙作響地翻閱其中一封信，然後盯著我說。『我很高興。』有人寫信告訴他我的事。這些特別推薦書又來了。他說話時不須費半分力，幾乎用不著振動雙唇，我很奇怪。一把聲音！一把聲音！那是厚重的、深刻的、有活力的，但那個人卻好像連呢喃半句的氣力也沒有。然而他卻有足夠力量——不用說也是裝出來的——能差點兒把我們幹掉，我馬上給你們講這經過。

「經理靜悄悄地在門口出現；我立刻走出去，他隨即拉上了門簾。那個被朝聖者用好奇的目光睇視的俄國小子，正在凝神注視河岸，我順著他的視線望去。

「遠處隱約有些黑黑的人形，在森林陰沉的邊緣飄來盪去，近河邊處，在陽光之下，站著兩個青銅的形體，倚著長矛，戴著古怪的斑點獸皮頭飾，一副戰士模樣，佇立不動，有如兩尊塑像。但在這個陽光照耀的河岸，還有一個狂野美豔的女妖，自右方走向左方。

「她走起來很有節奏，身披掛絮的間條布，在泥土地上高視闊步，身上的蠻人飾物輕輕碰響，閃閃發光。她昂著頭，頭髮捲結成頭盔的模樣，黃銅製的裹腿一直綁到膝蓋，黃銅線的臂鎧套至手肘，茶褐色的面頰上有個深紅的點印，頸項掛著無數串琉璃珠鍊；身上吊著許多古靈精怪的東西，符咒呀，巫醫的餽贈呀，人每走一步，那些東西便閃耀生輝，顫動發響。她身上不用說必定有幾條象牙的價值。她粗蠻得豔麗，狂野得動人；她穩步走過的姿態，帶著一種既不吉利卻又莊嚴的味道。而那整片秋雲慘霧的大地，剎那間變得萬籟寂靜，在無聲無息之中，那個漫無邊際的蠻荒，那豐盛而神祕的生命的龐大身軀，似乎沉鬱地看著她，有如注視著自己那黑暗而激烈的靈魂的影子。

「她走到汽船之旁停下來，臉向我們。她修長的陰影落在水邊。她的臉容出現哀傷和凶殘的表情，那是由洶湧的憂悲，無言的痛苦，混合一些半猶豫的決心以及恐懼而形成。她僵直不動地凝視我們，就像蠻荒本身，以陰霾之氣覆掩住一個不可解的目的。整整過了一分鐘，她才再跨前一步。一聲低低的鈴響，一映黃銅的閃光，鑲邊的布幅也搖曳一下，接著便停下來，彷彿心臟不勝負荷。我身旁的年輕人咆哮一聲，朝聖者在我身後喃喃竊語。她望著我們每一個人，彷彿這一瞥必須堅定不移，她的生命才能免於幻滅。突然之間，她張開裸露的雙臂，筆直的舉起在頭上，好像身不由己，亟欲觸摸天庭。就在這時候，陰影匆匆覆掩大地，蓋過河流，把汽船擁在黑暗的懷抱裡。我們眼前是一片懾人的悄靜。

「她慢慢轉過身，邁開腳步，沿著河岸，走進左面的矮林裡。在影蹤消失之前，她只回頭一次，眼睛在叢林的昏暗中微微閃爍。

「『如果她剛才要上船，我看我準會開槍打她，』那個鶉衣百結的人緊張地說。『這兩個星期，我每天都拚命不讓她走進屋裡。有一天她進去了，看見我從貯物室拿了些縫補衣服的破布，結果大鬧了一場。我冒犯了她。起碼看情形是冒犯了，因爲她怒氣沖沖地向庫爾茲訴說了整個鐘頭，不時向我指手畫腳。我不懂這個部落的方言。是我的運氣，我想庫爾茲那天病得太厲害了，不要管這些，不然我可夠受的。我真不明白……不成──我受不了。唉，算了吧，事情總算過去了。』

「這時候庫爾茲深沉的聲音從門簾那邊傳來：『救我呢！你要救的是那些象牙吧。不要胡說了。要救我！哈，你們還要我來救呢！你們現在壞了我的大計。有病！有病！沒你們盼望那麼嚴重。算了。我還要實現我的理想──我一定再回來。我要你們看看我的成就。你們和你們的淺見——你們礙了我的事。我一定再回來。我……』

他說。

「經理走出來。他愛寵有加把著我的臂，把我引到一旁。『他的情況很差，壞透了。』他說。他覺得非嘆息一聲不可，不過卻沒有在意擺出一副憂傷的表情，以與嘆息配合一致。『我們已經爲他盡了力——不是嗎？但我們無需隱瞞事實，庫爾茲先生的所作所爲，對公司利少弊多。他不知道大刀闊斧的時機還沒有到。小心謹慎，相機行事——這是我的宗旨。我們仍然得要非常小心。我們有一段時期不能進入這個區了。唉，多麼可惜啊！這大體對貿易不利。我得承認象牙的確很多——大部分是化石。我們必須盡力保存這些象牙——但形勢是這麼不穩——原因何在？因爲方法不妥嘛。』『你這是說，』我說，望著河岸：『那樣做是個「不妥的方法」？』『當然啦，』他大聲喊道：『難道你說不是？』……『根本沒有方法可言。』我稍歇之後低聲說道。『這就是了，』他歡喜不迭地說：『我早知會如此收場。這表示他一點判斷力也沒有。我有責任向有關方面提出。』『那個人——他叫什麼名字？——那個造磚的呢，他會替你做一份妥當報告。』我說。他一時面露狐惑之色。我只感到身處一個從未經歷過的邪惡環境，於是在精神上轉向庫爾茲求援——真真正正的尋求解救。『不管怎樣，我始終認爲庫爾茲先生是個了不起的人。』我加重語氣說。他吃了一驚，冷冷的向我瞪了一眼，然後輕輕地說：『從前倒是的。』說罷轉過身背著我。我蒙受的愛寵壽終正寢了。我發覺自己已經與庫爾茲成爲一丘之貉，都施行一些時機還未成熟的方法：我這人並不妥當！嘿，就算兩者都是夢魘吧，起碼有個選擇總是好的。

「事實上我是在向蠻荒求援，而不是向庫爾茲先生，因爲我深知他已無異埋葬在泉下了。有一陣子，我覺得我也好像被人埋葬了，放在一個充滿說不出口的祕密的巨大墳墓裡。我感到胸口壓著個受不了的重擔，嗅到溼泥的氣味，心知腐敗汙穢正囂張得勢，長夜漆黑得再也透視不過……那俄國小子拍拍我的肩膊。我聽到他結巴巴地咕噥些什麼：『水手兄弟──隱瞞不了──有損庫爾茲先生聲名的事。』我等待著。當然，他不會認爲庫爾茲先生已經入土；我懷疑他還把庫爾茲先生當作神呢。『好！』我最後開口，『講出來吧。湊巧我是庫爾茲先生的朋友──說得上的。』

「他十分拘謹的表示，假若我們不是『同行』，他便不管後果如何，永遠守住祕密。『他疑心這些白人心存惡毒，要對他──』『你講得對，』我說，腦海中浮現曾經無意中聽到的談話。『經理說你真該死。』他對這個消息甚爲在意，初時令我覺得很有趣。『那我得要悄悄的溜走了，』他認真地說。『現在我也不能再幫庫爾茲什麼忙了，他們不久便會找到藉口。有什麼辦法制止他們呢？離這裡三百哩有個兵營。』『老實說吧，』

我說，『你要是認識這附近的野人，還是離開的好。』『認識很多，』他說，『他們都很單純——我嘛，又無所求，你知道啦。』他站在那裡咬著嘴唇，然後再說：『我本不想讓這些白人吃大虧，但當然，我那時候想到的是庫爾茲先生的聲名——不過你是個水手兄弟，而且——』『好吧，』我過了一陣子說。『我保證庫爾茲先生的聲名不會受損。』但連我自己也不知道我說這句話時有多少真誠。

「他壓低聲音告訴我，原來襲擊我們汽船是庫爾茲下的令。『他有時候想起被人帶走便怒氣沖天——而後來又……不過這些事我了解不來。我是個頭腦簡單的人。他說那樣做會把你們嚇跑——會叫你們以爲他死了，就掉頭而去。我制止他不了。唉！對上一個月我煩惱透了。』『都過去了，』我說，『他現在很好啊。』『很——好，』他含糊其詞，顯然不十分肯定。『謝謝你啦，』我說：『我會小心。』『可是你要守祕密——嗯？』他急切地說：『他可能弄得聲名狼藉，如果這裡的人——』我鄭重地向他保證必定謹慎從事。『離這裡不遠有一條小船，三個黑人在上頭等著我。我走了。給我幾發馬天尼．亨利子彈，辦得到嗎？』我辦得到的，趁人不覺便給了他。他弄了個眼色，伸手抓了我一把煙絲。『水手兄弟之間——你明白的——頂瓜瓜的英國煙絲。』他走到掌舵台的門口轉過身——『呃，你可有多一雙鞋子？』他提起一條腿：『看看。』他的赤足之下是雙沒有面的鞋底，用些打結的繩子綁著，像雙拖鞋的模樣。我翻出雙舊鞋來，他欣賞了一會，才挾在左腋下帶走。他一個口袋（鮮紅色的）塞滿彈藥，另外一個口袋（深藍色的）露出『托遜的試釋』，諸如此類的東西。看來他以爲已經裝備齊全，可以再闖蠻荒了。『唉，我再也，再也沒機會遇見這樣一個人了！要是你聽過他朗誦詩歌啊——還是他自己寫的，真的，他說的。詩歌！』他回想起這些愉快往事的時候眼珠滾來滾去：『啊，他替我開了竅！』『再見了。』我說。他和我握了握手，便消失在黑夜之中。有時候我問自己是否真正見過這個人——究竟有沒有可能遇上這樣的一個奇人！……

「我在剛過午夜的時候醒過來，想起了他的警告，警告中暗示的凶險，在只有星光的黑夜裡分外顯得真實，令我不能不爬起來巡視一下。山上有一叢大火，一陣陣地照現了貿易站屋子一個破爛的角落。有一個主任和幾個同我來的黑人，持著武器，正看守著象牙；但在樹林的深處，紅火微微閃現，在一塊滿布模糊的一幢幢黑影的土地上高高低低地躍動，標示出崇拜庫爾茲先生的人的駐紮地點，他們正在憂鬱不安地守夜。一個大鼓敲出來的單調響聲，將空氣塞滿了蒙悶不清的震響和縈繞不絕的餘音。那個黑暗平板的叢林外壁，傳來一大群人自顧自念著古怪咒語的喃喃之詞，聲音平穩單調，好像蜂巢傳出蜜蜂的嗡嗡鳴叫，我在惺忪之中聽著，有著奇異的受麻醉的感覺。我猜我當時是倚著欄杆睡去了，但後來一陣突如其來的驚叫——一種積壓已久和神祕莫測的狂亂爆發出來，把我嚇得醒過來，一時迷惘不知所措。叫聲陡地消失，那低沉單調的敲響連綿不斷，弄出一種可以聽著和帶有撫慰作用的寧靜。我不經意的望望那間小艙房。裡面亮著燈光，可是庫爾茲先生卻不知所蹤。

「我想若然我相信沒看錯，便一定會高聲喊叫的了。不過我最初並不相信自己的眼睛——事情太乖異了。當時我一片惘然，原因不在於任何有形有質的凶險，而是由空洞無據的驚慌，和完全抽象的恐怖造成。這種感受所以如此難以抵抗，是由於——我應該怎樣形容呢？——我所受到的是精神上的衝擊，就像有一種詭異無比、非思想所能容忍、非心靈所能接受的東西，突然向我襲來。當然，這種感覺維持不了半晌，其後呢，那普通的致命凶險之感，以及想到他們可能要突來攻擊殘殺，諸如此類的感覺，都令我很舒服很放心了。事實上，這後來的感覺令我非常安慰，所以連半聲也沒有發出來。

「在我三呎之內，有個主任套著件寬袍，在甲板上的一張椅子中睡覺。喊叫聲沒把他驚醒；他輕輕的打著鼾；我讓他繼續沉睡，自己跳上岸去。我沒有出賣庫爾茲先生——我奉命永遠不得出賣他——白紙黑字訂明，我必須忠於自己選擇的夢魘。我急於獨自對付這個鬼魅——直至今天，我仍然不明白，我為什麼捨不得與別人分享那次經歷裡的奇異恐怖。

「我一上岸便看見一條小徑——一條穿過草叢的寬闊小徑。我記得當時興奮莫名，自言自語說，『他走不動——他只能爬——我抓著他了。』野草沾滿露水。我緊握雙拳，踏著大步疾走。我想我當時有個模糊的念頭，就是擒住他，好好揍他一頓。我現在可忘了。那時候我有些很傻的想法。那個有隻貓兒陪伴著的織衣老婦，硬生生的闖進我的腦海裡，最不倫不類地，做了這樁事的幕後主腦。我又看見一排朝聖者，屁股頂著溫徹斯特長槍，猛向空中噴射鉛彈。當時我想著永遠不回汽船了，獨個兒手無寸鐵在叢林生活，一直到老。就是這一類的傻念頭——你懂了。我記得我那時候把鼓聲和自己的心跳聲混淆一起，響聲平和均勻，令我頗爲滿意。

「不過我還是循著小徑走——然後停下來靜聽。那夜澄清一片；天色深藍，夕露與星光互相閃爍，漆黑的形影在這個空間肅立不動。那時候，我心想瞥見前頭有東西蠢動。很奇怪，那天晚上我對什麼事情都非常確定。我居然步離小徑，繞著個大大的半圓圈走（我確信我當時心頭暗喜），希望趕上那輕微的動靜，趕過我見著的那一點蠢動之物的前面——除非是看錯了。我好像玩著一種童稚的遊戲，在繞路兜截庫爾茲。

「我正好撞上了他。如果他聽不到我來的話，我可能跌倒在他身上；不過他及時站起來。他站了起來，晃動不定，身子瘦長，臉色蒼白，形象模糊，像大地呼出來的氣體，在我面前輕輕飄忽，顯得朦朧寂靜；而在我的背後，森林的樹木之間掩映著火光，又傳來眾聲呢喃。我已經完全截斷他的退路；可是到真正面對他的時候，我似乎清醒過來，發覺情況不妙。危險顯然還沒有過去。他高聲喊起來怎麼辦？他雖然站也站不穩，可是聲音裡還有大把氣力。『走開──別現形。』他用那深沉的語調說。真是十分可怕。我回頭一望，我們離最近的營火不出三十碼。一個黝黑的人形站起來，在熊熊火光之間，黑長腿踏著大步，黑長臂胡亂揮舞。他頭上有角──我想是羚羊角吧。一定是個巫師或術士，錯不了；那鬼似的樣子像極了。『你可知道自己在做什麼嗎？』我輕聲問。『十分清楚。』他回答，聲音特別提高；他的話好像來自遠方，但聲量宏大，像透過個喇叭筒叫出來。我暗想，如果他吵起來我們就完了。我固然不想揍這鬼魅──這滿懷痛苦無家可歸的東西⑨，而且事情也不是一頓拳腳能解決得來。『你這樣要完了，』我說，『──

⑨ 原文中馬洛稱庫爾茲為Wandering and tormented thing。在西洋文學傳統裡有這樣的一個形象，他由於犯了不赦之罪，注定要長期漂泊受苦，找不到歸宿，甚至死亡的安息也不可得。「漂泊的猶太人」（the Wandering Jew）、「逃跑的荷蘭人」（the Flying Dutchman），乃至英國詩人柯立茲的老水手（Ancient mariner）都是這形象的變體。現在康拉德把庫爾茲也視為這樣的一個罪人。

一點兒也不剩了。』你知道啦，人有時候會突然靈機一觸的。我話說對了，雖然事實並非如此，他根本一向迷途，不能自返，但這一刻卻讓我們建立了密切關係的基礎──關係延綿下去──延綿下去──甚至到死──甚至死後也沒了。

「『我本來有許多大計。』他猶豫地囁嚅說。『不錯，』我說，『不過你要是叫嚷起來，我就砸碎你腦袋──』可是周圍樹枝石頭都沒有。『我就把你掐死，』我改口道。『當時我成功在望，』他哀怨地說，聲含渴望，語帶悽愴，令我的血都涼了。『現在卻因這個其蠢如豕的流氓──』『不管怎樣，你在歐洲那邊已經成功了，』我以堅定的語氣向他說。我並不想把他掐死，你懂了──掐死他根本無濟於事。我是想祛除魔咒──那蠻荒的無聲重咒──魔咒喚起他已遺忘了的凶殘本性，提醒他得償大慾的欣娛，藉此把庫爾茲撞到蠻荒無情的胸懷裡。我相信，就只是這魔咒，把他驅趕到森林的邊緣，到灌木叢中，向閃閃的火焰、咚咚的鼓聲、古裡古怪的喃喃誦咒之聲走去；就只是這東西，勾引他汙穢的靈魂，進入無法無天的領域。還有，你看出來沒有？當時形勢的恐怖之處，不在於被人打破頭──雖然我也深知這是何等可怕──而是我要應付的這個人，是天堂地獄的道理都說之不動的。我得要學那些黑鬼，訴之於他──他本人──他本身沾沾自喜而難以置信的墮落。他以爲頭上青天、腳下黃泉都是沒有的，我清楚知道。他把自己踢得直上了雲霄。這個該死的傢伙！他已經把承載我們的大地踢得粉碎。他獨往獨來，我在他的面前，也不知道是腳踏實地，還是浮遊太空。我一直在對你們講我們如何談話——複述我們當時的用語——但有什麼用處呢？都不過是普通閒話而已——尋常而又含糊不清的語音，每日睡醒之時的交談而已。但那又怎樣呢？照我看，那些話隱喻不祥，就像夢裡聽到的說話，夢魘裡念著的句子。人的靈魂！如果說天下間有人和一個靈魂爭鬥過的話，那人就是我了。更且我論辯的也絕非一個瘋子。信不信由你，他的神智清晰無礙——雖然是過分集中在自己身上，但始終是清晰的；我的機會也僅於此——當然，除非是在那兒即時殺了他，但那樣做必會弄出響聲，不是好主意。可是他的靈魂是瘋的。靈魂孤零零的在蠻荒流浪，只向著自己看，這樣一來，老天啊！我對你講，這靈魂已經瘋了。我自己也要——怕是爲了贖罪吧——經歷這種剖視這個靈魂的折磨。無論什麼雄詞巧辯，都比不上他最後吐露真誠那般令人對人類信心盡失。他也與自己奮鬥，我看得見——我聽得著。我看見一番神祕莫測的景象，那是一個沒有抑制力、沒有信仰、沒有恐懼的靈魂；這靈魂卻盲目地與自身奮爭。我一直頗爲冷靜；可是待我終於把他放上睡椅時，我卻要抹抹額上汗水，同時雙腿發抖，有如已背負了半噸重物下山的光景。但事實上我只是攙扶著他，他瘦削見骨的臂膀搭著我的頸項——全個人比一個小孩子重不了多少。

「第二天，我們在中午啓程離去，我一直緊密提防的那群躲在樹林裡的人，這時再度湧出來，一大群赤裸裸的、有呼吸的、顫抖的、青銅色的身軀，擠滿了空地，覆蓋了山坡。我加點馬力，轉向往下游駛去，那兩千隻眼睛便緊緊盯住這隆隆作響的凶猛水怪濺起水花，尾巴拍著河水，黑煙呼到半空。沿河第一排土人之前有三個人，自頂至踵塗上紅豔豔的泥土，大搖大擺地往來走動。我們回頭來到跟前時，他們臉朝著河流，跺著腳，披角的頭顱頻點，鮮紅的身軀搖來擺去；他們向著那凶猛的水怪揮舞一束黑羽毛，一塊破破爛爛的獸皮，吊晃著一根尾巴——像個曬乾葫蘆瓜的樣子。他們不時齊聲喊出連串古怪的聲音，絲毫不類人話。人群的沉聲呢喃，時時忽而中斷，又像邪魔鬼怪連禱詞中的應和。

「我們把庫爾茲放到掌舵台，因爲那裡空氣比較流通。他躺在睡椅上，透過窗板的縫隙凝視外面。人群中捲起了個漩渦，那個戴著頭盔、面頰茶色的女人，直衝到河流邊緣上。她伸出雙手，喊了些話，那群狂野的烏合之眾隨即響應，急促地迸爆出一段叫聲，字字清晰，懾人心魄。

「『你明白他們叫什麼嗎？』我問。

「他仍舊從我身旁望出去，目光炯炯有神，心有所望，又混合沉鬱和憎惡的表情。他沒有答話，但我瞥見一絲笑意，見他蒼白唇邊掛著一絲不明所指的微笑，他口唇繼而抽搐一下。『我會不明白嗎？』他喘著氣慢吞吞的說，那幾個字活像被鬼神搾逼出來一樣。

「我把笛子的繩子一拉，因爲看見甲板上的朝聖者正紛紛抽出長槍，準備玩一場有趣的遊戲。突如其來的汽笛尖叫聲，令擁擠的人群悚然戰慄。『不要拉！不要嚇走他們，』甲板上有個人滿不滿意地大叫。我一再拉動笛繩。他們四散奔逃，或是跳起來，或是蹲下去，或是急轉身，以躲避那飛來的恐怖之聲。那三個紅彤彤的傢伙直挺挺俯臥岸上，活像已飲彈身亡。只有那個野蠻而妖豔的女人退也不退，她在我們後頭，在那陰沉沉而微微閃光的河流上，滿含悲戚地伸出赤裸裸的雙臂。

「下面甲板上那群笨蛋做他們的消遣了，於是在硝煙之中，我什麼也看不見了。

「褐色的河水從黑暗的心臟迸流出來，把我們朝大海送去，速度比逆流而上時快了一倍；另一方面，庫爾茲的生命也急急溜走，退落，從他的心臟退落到那無情時光的汪洋裡。經理悠然自得，他現時已沒有什麼可擔心的了。他看著我們兩人，一副了然於胸和挺滿意的樣子——『那樁事』的發展可謂隨心所欲，不能再好了。我知道時間近了，我快要遭遺棄，掉到那些施行『不妥方法』的人一處。朝聖者也敵視我。在他們眼底，我可以說如同死人一般。我怎麼選上與這些人爲伍的呢？真的莫名其妙，我自己選擇了連綿夢魘，在一片被這些卑劣貪婪的鬼魅魍魎侵略的黑暗之地，受盡折磨。

「庫爾茲說話了。那是一把聲音！一把聲音！語音到最後一個字，都維持著深沉。他的滔滔雄辯比體力更持久，把他貧乏黑暗的內心隱藏起來。哎呀，他也盡力奮鬥！他盡了力！他頭腦紛亂，心中片片荒蕪之地縈繞著幻象——財富與名譽的幻象，團團繞住那善於崇高偉大言詞的天分亂轉。我的未婚妻，我的貿易站，我的事業，我的想法——這些都是他興到時高談闊論的話題。真庫爾茲的陰魂，不時來到那假軀殼的床邊，那軀殼不久就要埋放在混沌的泥土裡了。不過它對經歷過的神祕事物，卻存有魑魅魍魎的愛和不近人情的恨，兩相爭奪那靈魂——那個注滿原始感情，熱愛假名譽、虛聲勢以及表面成就和權力的靈魂。

「有時候他又幼稚得令人鄙惡。他從一個他要創造大事業的虛無之地歸來，盼望在火車站頭，會有皇室貴族夾道歡迎。『你首先向他們顯示你的確有利用價値，他們便會完全信任你的能力；』他有時候這樣說：『當然你得要顧及動機——正確的動機——一定要。』那許多河段就像一條永遠不變的河段，一成不變的彎折，從汽船兩旁溜過，一叢叢古老大樹，靜默地目送這來自另一個世界的一塊汙垢，那負責變革、討伐、貿易、屠殺、幸福等等的開路先鋒。我望著前頭——專心把舵。『把窗板關上，』有一天庫爾茲突然說：『望著這個我受不了。』我依他的話做了。接著有一陣子沉默。『嘿，不過我還要捏碎你的心呢！』他對著那個見不著的蠻荒大叫。

「汽船失靈——我早料到的——要在一個小島的頂端拋錨修理。這一陣子耽擱，首次動搖了庫爾茲的信心。一天早上，他交給我一包文件和一幀照片——整份東西用一根鞋帶繫住。『替我保管，』他說：『這個討厭的蠢貨（指經理），我稍一鬆懈，他便翻看我的箱子。』我在下午又見著他。他閉目仰臥，我於是靜靜退回去，可是我聽到他喃喃低語，『活得堂堂正正，死，死，死……』我諦聽著，但再沒有別的話了。他是在夢中練習講詞，還是背誦報紙某篇文章的零星句子？他以往一直為報紙寫東西，而且打算再度執筆，『為了達成我的種種理想。那是一份責任。』

「他的思想是一片不透光的黑暗。我望著他，就如俯視一個躺在幽谷底陽光不到處的人。不過我沒有多少時間管他，我要幫輪機長拆開那些漏風的汽缸，扳直一根扭曲的連接桿，忙這一類的東西。我活在一堆討厭的鏽鐵、破屑、螺絲帽、螺絲釘、扳鉗、鎚、棘齒輪鑽當中——都是我深惡痛絕的東西，因為我與這些東西格格不入。我照顧著汽船上幸有的那個小小熔爐。我在破爛不堪的廢鐵堆中勉力工作——除非患上嚴重瘧疾才稍微停歇。

「一天晚上，我拿著蠟燭走進艙室時吃了一驚，聽到他以微微顫抖的聲音說，『我躺在漆黑地裡等死。』燭光離他的眼睛不及一呎。我勉強自己低聲說道：『那裡會呢，胡說！』說罷呆了般站在他面前。

「他的神色變了。我從來沒有見過類似的景象，也希望永遠不要再見著。噢，我並非受到感動，只是看得入了迷。就像一塊面紗撕破了，我看見在那副象牙色的臉龐上，包含了沉鬱的驕傲、無情的力量和怯懦的驚恐——一副極度無望的表情。他現在一切了然於胸，在那無可比擬的一刻，他可有仔細重溫往日的慾念、誘惑和屈膝？他向著一個影子，一個幻象低吼——他叫了兩聲，叫聲微弱，就和吐氣差不多——

「『恐怖啊！恐怖啊！』

「我吹熄蠟燭，走出艙室。朝聖者在餐廳晚膳。我挑了面對經理的位子，經理翹了翹眉，表示詢問地向我打了個眼色，我假裝沒有見著。他倚身向後，氣定神閒，以他那獨特的笑容，把極其卑汙的本性掩飾住。小蒼蠅一群又一群的飛到汽燈上、布塊上、我們的手上和臉上。突然之間，經理的小廝把黑頭顱伸進門口，他表情傲慢，以尖刻不屑的語氣說——

「『庫先生——翹辮子了。』

「朝聖者全體擁了出去看個究竟。我沒去，留下繼續晚膳。我想他們一定說我殘酷不仁吧。不過我吃得不多。那裡有一盞燈——光明，你懂吧——外面一片漆黑，漆黑得不能辨物。那個不同凡響的人物，自己評判了他的靈魂在這片大地的功績，我不再去親近他。那把聲音沒了。除了聲音，他還有過什麼東西呢？不過，我當然知道，朝聖者翌日就挖個泥洞埋了些東西。

「其後他們幾乎連我也埋掉。

「不過，不用我說，我並沒有在當時當地就隨庫爾茲而去。沒有。我留下來，把那個噩夢做完，而且再爲庫爾茲效忠。命運如此。我的命運！生命的確荒謬可笑——許多殘酷片段的詭異編排，爲的卻是一個枉費心力的目標。你充其量只能藉此稍微認識自己——不過那已經太遲了——消散不去的懊惱如潮湧至。我和死亡搏鬥過。那場搏鬥沒有半點刺激。搏鬥在一片模糊灰暗的環境裡進行，腳底和四周空蕩無物，沒有觀眾，沒有喝采，沒有榮耀，沒有求勝的熱望，沒有敗陣的惶恐，一種不冷不熱、令人煩厭的疑惑氣氛，你對自己的權利沒有多大信心，對彼方的權利更沒有。如果這便代表最高智慧，那麼生命就比我們某些人所想像的更要令人迷惑了。我差不多去到那說定論的境地，但慚愧得很，我發覺我大概會無話可說。這就是我認爲庫爾茲了不起的原因。他心裡有話要說，並且說了出來。由於我自己也曾探頭到邊邊上窺望過，我對他的眼神了解深些，他看不見蠟燭的火焰，但卻可以概覽整個宇宙，洞穿黑暗裡所有跳動的心臟。他已經做了個總結——做了判斷。『恐怖啊！』他是個了不起的人。這個判斷畢竟能把某種信念表達出來；它坦率無詐，有信仰，它的低聲中蘊涵著響亮的反叛之聲，它有真相露面時的駭人容色——慾望與憎惡的奇怪揉合。我最記得清楚的，並不是自己的生命盡頭——一個沒有形體的灰暗幻象，肉體深受折磨，目睹萬物泯滅而毫不動心——就是這份痛楚也不屑一顧。不是這些！我好像經歷的是他生命的盡頭。沒錯，他跨出了最後那一大步，他踏過了那大限，而我卻得抽回猶豫不決的腳步。一切的分別可能就在於這裡；一切的智慧、一切的真諦、一切的摯誠，可能就濃縮在那剎那之間，在我們跨過門檻到那無形天地所花的微不足道的時間裡。可能吧！但願我所下的總結不會是一句漠不關心的說話。他那樣喊叫比較好——可以說好得多。那是句讚語，經歷過無數挫折、醜惡的恐慌和醜惡的滿足後贏得的精神勝利。畢竟是一回勝利！這解釋了我爲什麼一直對庫爾茲忠心耿耿，甚至在他死後仍然不渝——那是很久以後了，我再次聽到，並非他親口說話，而是他滔滔偉論的回響，由一個通體純潔如水晶的靈魂向我發放過來。

「沒有，他們並沒有把我埋掉，雖則我有一個模糊印象，記得那時候有一段日子徬徨驚懼，有如經歷一個既無所欲又無所望的詭異世界。我發現自己已回到那墳墓般的城市，看見眾人爭相趕路，爲著小利爾虞我詐，吃的是下流烹調，喝的是酸臭啤酒，連所做的夢也空洞無物，不知所謂，我對這一切厭惡非常。這些人不時闖進我的思維裡，我但覺他們對生命的了解，只是種不能容忍的虛僞，因爲我敢說他們不會知道我所知的那麼多。他們的舉止態度，只是凡夫俗子在處處受保護的情況下做事的舉止態度，我只覺討厭，其令人難以接受，就如見著個蠢才，遇上自己不知的危難還要耀武揚威一樣。我才不想點醒他們，但我每每忍不住在他們面前笑出來，笑他們夜郎自大。我猜我那時候身體不大好。我在街上跌跌撞撞——有很多事要辦——向著道貌岸然的君子咧嘴苦笑。我自承那時候的作爲著實荒唐，然而我當時總是發熱的時候多，清醒的時候少。我那親愛的姑母盡力『滋補我的元氣』，不過看來枉費心機。我的元氣並不需要滋補，我只需要人家安撫我的想像。我保管著庫爾茲給我的一束文件，不知如何處理。他的母親不久前謝世，據說臨終時他的未婚妻侍奉左右。一天，一個鬍鬚刮得挺淨、鼻梁架著金框眼鏡的人來找我，他一副辦公事的態度，初時轉彎抹角，其後頻堆笑臉，向我查詢一些他喜歡稱之爲『文獻』的東西。我並不感到意外，因爲在那地方，我已爲了這些東西兩度和經理吵罵。我那時不肯交出半片紙屑，現在對這架著眼鏡的人也同樣強硬。他最後擺出一副狠毒的表情，並且怒稱公司有權取得與『屬地』有關的一切資料。他說：『庫爾茲先生對那些尚未探測的區域，一定所知甚詳，而且見解獨到——因爲他辦事能力高，遭遇的環境又極其惡劣，所以——』我對他說，儘管庫爾茲先生識見廣博，但那和貿易及管理的問題無涉。他接著搬出科學做幌子。『那損失將如何估計呢，假如——』他嘮嘮叨叨的說下去。我拿出『禁制野蠻風俗』的報告給他，但把文章的跋言撕掉。他連忙拿去，不過閱後擺出一副鄙夷的表情。『我們有權期望看到的並非這些。』他說。『別的可沒有了，』我說。『有的只是私人信件。』他以採取法律行動來恐嚇了一番便走了，自此我沒有再見到他；不過，兩日之後，一個自稱是庫爾茲堂兄的人到來，他很著急要打聽他堂弟臨終時的託付。從他的說話裡，我無意中獲知庫爾茲本是個出色的音樂家。『他的成就原是指日可待的。』那人說。他有一頭灰白直髮，垂到油膩膩的大衣領上，我猜他是個風琴手。我沒有理由懷疑他的話；直至今天，我還未能確定庫爾茲的專業，究竟他有過什麼專業沒有——哪一項才是他的天賦專長？我曾經以爲他是個畫家，兼替報館寫稿；又或者是個報人，懂得作畫——不過連他的堂兄（他一面說話一面吸鼻煙）

也說不上他確實做過什麼。他是個多才多藝的天才——我同意那老頭兒說的這一點，他說罷在一塊棉布大手帕上猛力擤擤鼻，帶走了些無關重要的家書和便條，然後顫巍巍地離開。最後出現的是一名報館記者，他急切要知道他『親愛的同業』的遭遇。這名訪客對我說，庫爾茲應該搞『群眾性』的政治。他臉上長著一字形的濃眉，直豎短髮，單眼鏡吊在一條闊帶子上，他愈說愈興奮，直言覺得庫爾茲寫的東西不知所謂——『不過，老天啊！這人真會講呢。他在一些大集會上激勵人心。他有信仰——你知道嗎？他有一種信仰。他有辦法令自己相信任何東西——什麼東西都行。在一個極端的黨派中，他可以當個出色的黨魁。』『什麼黨派？』我問。『隨便那一個也可以，』那人答，『他是個——嗯——極端分子。』我沒有這樣想過嗎？我頷首同意。忽然之間，他充滿好奇的問我，『是否知道是什麼東西吸引他到那地方？』『知道。』我說，隨即把那份著名的報告交給他，並表示如果他認爲沒問題的話可以付梓。他匆匆的揭著看，一面喃喃自語，說了句『沒問題』，然後便帶同這份戰利品離去。

「於是我手上只剩下一小札書信和那女孩子的照片了。我覺得她很美——是說她的表情很美。我知道陽光可以化醜爲妍，不過那種細膩的真摯表情，絕不是光線或姿態所能營造的。她看來肯全心全意聽人家說話，不存半點懷疑，沒有半點私念。我決定親自把照片和書信還給她。由於好奇？沒錯；或許還有別的念頭吧。庫爾茲曾經擁有的一切東西，都離開了我的掌握：他的靈魂，他的身體，他的貿易站，他的計畫，他的象牙，他的事業。留下來的只有他的回憶，以及他的未婚妻——我同樣想把這些送走，算是送給以往的日子吧——把在我身旁一切與他有關的東西親自送走，直至了無痕跡，了無痕跡，那正是我們人類共同的收場。我並不爲自己辯護。我當時並不清楚我真正想怎麼樣。或許這是忠心耿耿的不自覺反應吧，又或許那是人生中一個潛伏的矛盾需求，亟欲滿足。我不知道。我說不上來。不過我始終去了。

「我原本以爲他的回憶就如每個人對一切死者的緬懷一樣——是死者的鬼魂，在那最後倏忽的一刻，所遺留下模糊不清的記憶；可是在那條兩旁高樓聳立的街道，那條寂靜嚴肅，有如墳場裡整齊小徑的街道，在那道高大沉重的大門之前，我幻覺中又見到他，是躺在擔架上，貪婪地張開嘴巴，似乎要把整個世界，連同全人類一併吞噬。他在我眼前活著，活得絕無異於從前——一個外表好得不能再好、而內在壞得不能再壞的幽魂，它比黑夜更要黑暗，卻披著一襲滔滔雄辯的外衣，一表高貴。那個幻象好像隨著我進入屋子裡——連同那副擔架，那些鬼魅腳夫，那群順服於他的狂野崇拜者，那一片片森林的陰暗，那段河在沉鬱的河彎之間閃著光，還有那陣鼓聲，有板有眼的悶響，活像心臟的跳動聲——那心臟的主體是征服一切的黑暗。這是蠻荒取得勝利的時刻，照我看來，它是一個進侵和復仇的攻擊，我得要獨力阻撓，以拯救另外一個靈魂。我又憶起在那遙遠之地他講的話，當時我在耐心等待的叢林之內，處身熊熊火光之中，背後有戴著角盔的人形蠢動，那片言隻字，再次闖進我的記憶，語句簡單，帶著不祥和恐怖。我記得他下下流流的懇求，下下流流的恐嚇，無饜的骯髒慾望，以及靈魂裡的卑汙和狂風暴雨般痛苦煎熬。到後來，我似乎見著他鬱鬱不樂的一面，因爲有一天他說：『現在這一批象牙其實是我的。公司沒有付錢買，我個人冒著極大的危險蒐集得來。但我怕他們要我拿出來。嘿，這件事很棘手。你說我應該怎麼辦——據理力爭？嗯？我只求公道。』……他只求公道，別無其他。我在二樓一道紅木大門之前按鈴，我在佇候之時，他似乎在亮晶晶的門板裡向我凝視——一道廣闊無垠的目光，概括了整個宇宙，而且滿懷鄙夷厭惡。我好像聽到那句低聲呻吟，『恐怖啊！恐怖啊！』

「天色漸昏了。我要在一個高敞的客廳等候，廳裡有三個上接天花板的落地長窗，好像三根披著布幔的發光圓柱。家具的鍍金彎腳和靠背都反著光，現出朦朧的曲線。大理石砌造的壁爐高高豎立，白得冷清清的，像個紀念碑。廳角放著一台巨大的演奏鋼琴，平坦光滑的表面黑光閃爍，像個磨過光的烏黑石棺。一扇高門打開——又關上了。我站起來。

「她迎上前，全身衣黑，面容蒼白，在暮色中飄過來。她還在居喪。那時候他已經死了一年多，死訊傳來也一年多了；她看來好像要永世居喪致哀。她握住我雙手，輕聲說：『我早聽說你會來。』我發現她並不很年輕──我指並非少不更事那一類。她有成熟的能力，能夠守貞不貳，也能堅持信念和忍受折磨。客廳似乎變得更黑了，密密的黃昏好像把一切愁苦都映照到她的額上。這頭金髮，這副蒼白顏容，這個清純的前額，好像被一個灰暗的光環籠罩，只見一雙黑眼睛從中注視著我。那道目光坦率無詐，深刻，懷有信心，又毫無疑竇。她的愁容中也有自豪之意，好像在說，我──只有我，才知道怎樣向他致以他應得的哀悼。而當我們還在握手的時候，她的臉上現出一種極度淒涼絕望的神情，使我覺得她不是朝秦暮楚的。在她心中，他不過昨天才逝去。老天啊！那感受是那麼強烈，令我也覺得他好像死在昨天──不呢，才這一刻。我同時看見他們倆──他死去，她哀痛──我在他死亡的一刻看見她的哀愁。你懂嗎？我見到他們兩人──我聽到他們兩人。她早時深深吸一口氣說：『我活下來了。』同時，我那雙盡力聆聽的耳朵又似乎聽得清楚清楚，把他那永不能超生的罪惡總結了的那句低聲呻吟，與她哀傷絕望的語調結合一起。我問自己還留在那裡幹什麼，我心頭怦怦跳動，有如胡亂闖進了不宜人類目睹的一個殘酷荒謬的神祕境地。她示意我到椅子那邊去。我們一起坐下。我把那一小捆東西輕輕放在一張小桌子上，她用手按在上面……『你和他很熟吧？』她過了一陣子靜默的哀悼後呢喃道。

「『人在那地方很快就混得挺熟的，』我說，『我認識他，最知交也不過如是。』

「『那麼你也敬佩他吧，』她說，『凡認識他的人都必定敬佩他，對嗎？』

「『他是個了不起的人，』我不大自在地說。說罷我看見她目光凝視，包含懇求，好像等待我吐出更多的話，於是我說下去，『實在不可能不——』

「『愛他，』她迫不及待的接下去，令我惶然不知所措，完全說不出話來，『當然！不過你得知道沒有人像我認識他那麼深！我聽過他一切的崇高思想。我知他最深了。』

「『你知他最深了。』我跟著說。可能是的。在那時候，廳裡的光線隨著每一句話變得愈來愈暗，那象徵信與愛的不滅光芒，現在只照射著她柔滑白皙的額頭。

「『你是他的朋友。』她繼續說。『他的朋友。』她加重語氣再說一次。『一定是的，不然他不會把這東西交給你，又叫你來看我。我想我可以向你傾訴——唉！我一定要說出來。我要你——一個聽到他臨終遺言的人——知道，我一直沒辜負他……我並非自傲。不！我自豪，因為我知道自己是世上最了解他的人——他親口這樣說的。可是自從他娘親死後，我一直沒人——沒人——可以——可以——』

「我靜聽著。天色愈來愈暗。我連他是否交對了東西給我也不敢說定。如果讓我推測，我猜他要我保管的是另外一批東西，那批在他死後，我看見經理在燈下翻閱的文件。那個女孩子繼續說話，她以為我必有同情之心，便在訴苦；她滔滔不絕，有如渴水的人鯨飲一樣。我曾聽說她和庫爾茲訂婚遭到家人反對，大概由於他的家境不當對之類的原因。事實上，他可能一生都是不名一文的。他給我的印象，就是忍受不了生活環境不及他人的滋味，才毅然走到那裡去。

「『……凡聽過他說一次話的人，有誰不變成他的朋友呢？』她在說。『他利用別人的內在優點打動人心。』她目不轉睛的看著我。『那是大人物的天賦。』她繼續說，她的低語似乎伴著一切我曾聽過的聲音——那大河的奔流聲，風吹樹擺之聲，那些人群的低吟聲，遠遠傳來不明所指的隱約叫聲，以及從永恆黑暗的門檻之內傳來那把聲音的低語——充滿神祕、悲戚和懊惱。『可是你聽過他說話！你一定知道！』她喊道。

「『不錯，我知道。』我有如萬念俱灰的說。我在她的信心之前，在那有救贖力量的偉大幻象之前低首，因為那幻象在黑暗之中發出超凡的光芒，面對戰無不勝的黑暗，我負不起保護她的責任——連我自己也保護不了。

「『我的，不，我們的損失多麼大啊！』她慨然把我也計算在內；接著輕輕地加上一句，『全世界的損失。』在落日最後的餘暉之中，我看得見她眼中閃著光，淚盈其中——不落下來的淚水。

「『我曾經非常快樂——非常幸運——非常自傲，』她說下去，『太幸運了。有一小段日子太快樂了。現在呢，我卻悲痛哀傷——一輩子。』

「她站起來；那一頭金髮好像攫住了所有的餘暉，映照得金黃一片。我也站起來。

「『這一切一切，』她繼續說，語帶哀傷，『他許下要做的事，他了不起之處，他的寬厚，他的高尚情操，一應蕩然無存——只留下一段回憶。我和你——』

「『我們永遠記得他。』我急忙說。

「『不行！』她說，『這一切都不該泯滅——他獻上了生命，卻什麼也沒有留下——只留下傷感。你知道他的大計。我也知道——不過也許並不能了解——但其他人都知道。一定要有些東西留下來。至少，他的話語並沒有死。』

「『他的話語永存不墮。』我說。

「『他又堪作典範，』她自言自語說，『眾人都景仰他——他的一舉一動都完美無瑕。他的典範——』

「『對，』我說，『還有他的典範。沒錯，他的典範。我剛才忘了。』

「『我沒有忘記。我不能——不能相信——還不能。我不能相信我會永遠再也見不到他，沒有人可以再見到他，永遠，永遠，永遠。』

「她伸展雙臂，有如要抓一個正在消逝的影子，臂膀暗黑，蒼白的手掌緊握，橫過窗口上那淡去的一線光彩。永遠見不到他……那時候我見他見得清清楚楚的。在我有生之年，我都會見到這個滔滔雄辯的鬼魅。我又會見到她，一個看慣熟悉了的淒慘幽靈，她的姿態又仿似另外一個幽靈，同樣的淒慘，穿戴上無靈的符咒法物，在那恐怖的、黑暗的河流之上，高伸著一雙褐色的裸臂。她忽然輕聲道，『他活得偉大，死得一樣偉大。』

「『他的死法，』我說，心裡怒氣隱隱起伏，『完全不枉他的一生。』

「『當時我卻不在他身旁。』她喃喃道。一陣深切的憐憫油然而生，令我怒氣消退。

「『能為他做的都——』我咕噥說。

「『啊，世間沒有人像我那般崇信他——甚至他母親，他——自己。他死時需要我的！我呀！我若在場，他的每一聲嘆息，每一句話，每種表示，每道目光，我都會好好珍惜。』

「我覺得一陣寒意直襲心胸。『不要。』我含含糊糊地說。

「『對不起。我——我——一直都默默——默默地——爲他哀悼……你和他一起——到他閉眼吧？我想到他是非常孤獨，身邊沒有人像我那麼明白他。或者沒有人聽他……』

「『我陪他到他閉上眼睛，』我顫騰騰的說。『我聽見他臨終的話……』我驚慄得停下來。

「『說出來吧，』她傷心欲絕的呢喃道。『我要——我需要——有些東西——一些東西——以——以伴餘生。』

「我幾乎向她叫了出來，『你沒聽見嗎？』黃昏不斷在我們身旁輕輕重複那句話，聲音由細轉大，就像風起之時沙沙作響那麼怕人。『恐怖啊！恐怖啊！』

「『他臨終的話——伴我過日子，』她堅持要我說出來：『你該知道我愛他——我愛他——我愛他。』

「我鎮定心神，慢吞吞地說：

「『他最後說出的是——你的名字。』

「我聽見一聲輕嘆，我的心臟接著凝固不動，被一種興奮的狂叫，被一種難以明白的勝利感和說不出的痛苦的叫喊凝固住。『我早知道——我早清楚知道！』……她早知道。她早清楚知道。我聽到她飲泣；她早把臉埋在手中。我覺得我來不及跑開屋子便要塌下來，天會跌到我的頭上。不過，什麼也沒有發生。蒼天不會爲了這等雞毛蒜皮之事坍塌的。不過，如果我還給庫爾茲亟亟要求的公道，天又會不會塌下來呢？他不是說過他但求公道嗎？不過我做不到。我不能告訴她。那會是太黑暗了——統統太黑暗了……」

馬洛說完了，坐到一旁，神情木然，一語不發，擺了個佛陀入定的姿勢。一時間誰也不動一動。「潮已退了一回，我們錯過了。」總裁突然說。我抬起頭來。河面被一堆烏雲蓋住，那無遠弗屆的平靜水道，在密雲的天空下憂鬱流動——似乎要通到一片無邊黑暗的內心去。

編者跋

孫述宇

《黑心》是一本名著，英美大學生很少沒有讀過這書的。可是中國讀者欣賞時卻可能覺得相當困難，因爲這是一本典型的康拉德小說，康氏的藝術手法與一些特有的想法在書中表現得很突出。這書又寫得相當晦澀抽象，要是我們對他的手法與想法並無所知，實在不容易弄清楚書中的要點和理路。

有些版本把康拉德在剛果旅途的日記附錄其上，以期幫助讀者了解小說的內涵。不錯，康氏的傳記都說這本《黑心》是他在比利時「國際開化非洲協會」旗下，到剛果去駕駛了一趟內河船之後寫出來的，小說的主角庫爾茲即是他在剛果遇見的克拉恩；事實上，在《黑心》的初稿中，主角乾脆叫作克拉恩。不過，從克拉恩到庫爾茲，這變化太大了；康拉德寫這小說時，除了動用在剛果的見聞，顯然還動用了許許多多別處的經歷、反省、想像。我們翻看他的剛果日記，找得到《黑心》路途中的一些零碎細節，但重要內容的出處都找不到：日記裡沒有庫爾茲的精神面貌，更沒有馬洛的複雜心理；甚至重要的襯托故事，諸如那個俄國少年、庫爾茲的那位未婚妻，以及土人襲擊輪船等等，也一概沒有。剛果日記對了解這小說既沒有什麼好處，我們倒不如就作者的思想與藝術特色，把小說的內容分析一下。

先看《黑心》的故事是怎樣講的吧。小說開始之初，幾個老朋友在一隻遊艇上相會，遊艇在泰晤士河口停下來等待潮轉，大家無事可做了，馬洛評論著周圍景色，緬想當年羅馬軍兵來到這裡時的心境，隨後便講出一段自己當年在非洲的經歷。這樣的敘述方法基本上是自述（雖然嚴格說來，作者也算是在場的，馬洛的話都由他記下來，寫在括號裡）。有些晚近的小說家認爲自述是很笨的方法，因爲它諸多限制，很容易弄得很不自然。《黑心》的敘述也確實不甚自然，我們沒法爲作者諱：馬洛的故事那麼長，不知是否可能一席話說完；而且，逼著一群朋友聽，講個比較客觀的簡短故事也罷，可是講的是自己的感受，又講得這樣嘮嘮叨叨，常常還一股火爆的模樣，實在是頗爲奇怪。康拉德爲什麼要這樣敘述呢？

康拉德想要講的，主要是馬洛的感受。小說的焦點雖然是庫爾茲的生死，但要緊的是這事對馬洛的影響以及引起他的種種反省。這一點，我們檢查一下故事的梗概，就會很明白。馬洛自言當初失了業，請姑母介紹求職，在歐洲某大城市中一個標榜人道與文明的大機構裡謀到份差事，於是乘船到非洲，先在海岸上該機構的辦事處小駐，繼而帶一隊腳夫入內陸，打算去接替一位遇難的船長；去到時，發覺船已毀壞，只得慢慢修理；兩個月後修理完竣，與經理和一些白人職員乘坐去找尋另一個商站的主任庫爾茲；這庫某的名聲很大，有人稱讚他的幹才，更有人稱讚他的理想和見識，但馬洛去到時，發現他的名實很不相副，真人不僅極度貪婪，而且毫無忌憚，曾用凶殘莫名的手段脅逼征服了土人，住所周圍飾著骷髏，內裡囤著巨量的象牙；他因利慾薰心，雖身罹重病仍不肯離開，甚而教唆土人攻擊輪船，被抬上船後又還偷走；但經理出於奪權之心，終於把他運走了；他死在船上，埋在途中岸邊；後來許多人都向馬洛要他的東西：經理等人要他的文件資料，親屬要他的遺物，記者要他的故事與文章；末了，馬洛把一些信件帶給他的未婚妻，因爲看見她那麼悲傷，只得說了一番謊話來安慰。

這小說中真正講述庫爾茲言行的筆墨非常少。庫爾茲的黑影雖然是一早就在那裡，並且可說是籠罩著整個故事，但對他的直接描寫卻只有寥寥數段。本來，這個人憑著逾常的口才與文筆贏得豐隆聲譽，真身卻墮落到不堪聞問的地步，這樣深具諷刺的對比，很容易寫成戲劇化的故事。作者可以從外面從內心來寫他墮落的經過，又可以安排他的真相在名聲的帷幕底下一段段一層層顯露出來，使讀者震驚。康拉德不取這些方法，他對庫爾茲的墮落只做一個相當抽象的解釋便算了，對他敗行的揭露也不在意；早在那些髑髏和象牙出現之前，讀者已得到風聲，知道他不是個志誠君子。康拉德拋開這些，而集中力量寫庫爾茲如何吸引人，由他的吸引力把種種深意表達出來。

庫爾茲吸引了許多高貴正直的人，他的未婚妻是其中之一。馬洛最後見到這個女子時，覺得她是個能守節操的女子，不是朝秦暮楚的人。她已不很年輕，年華早在與庫爾茲苦戀中消磨了，因爲她出身高門，庫爾茲貧寒，家中曾反對他們兩人的婚事——庫爾茲到非洲去，正是爲了要發財來改變自己的經濟地位。她是連結著崇高理想來愛庫爾茲的，她深深仰慕他的才思與抱負，並認定沒有人會了解他而不愛他。她以爲自己最了解他而自豪，因爲她分享他的人道博愛理想；她又想到他死時不能向她吐露最後的話，感到悲不自勝。事實上，除了指出庫爾茲最能引出人心中的善性之外，她對庫爾茲的了解全都大謬不然，而且構成極大諷刺。她渴望聽庫爾茲最後的一句話，不知道那是最可怕的話。她以爲庫爾茲與她共享相同的理想，不知道庫爾茲不僅背棄了那些理想，換言之，在理想層次背棄了她，甚至在個人與肉體的層次也背棄了她。她悲傷思慕的姿勢使馬洛憶起那個想阻擋庫爾茲離開的蠻婦；說起來，庫爾茲固然配不起他的未婚妻，就是這個蠻婦恐怕也配不起。

另一個受庫爾茲吸引的人，是馬洛在庫爾茲居所下面遇見的俄國青年。這年輕人對庫爾茲敬佩得五體投地，因爲他們在莽林中共處過一些時間，庫爾茲與他長談，他覺得心竅由是打開，看見了前所未見的事物。庫爾茲的未婚妻說庫某最能引出人心中的善性，使人由是愛他，這個俄國青年便是個突出的例子。庫爾茲貪婪卑下的一面他其實是完全見到的，因爲庫爾茲要搶酋長送給他的象牙，爲此還要殺他。但他並不計較，因爲他並不看重那些象牙。他從善的能力主要來自他的青春。青春的力量是康拉德作品中常常露面的一點意思：少年人的自然生命力驅使他們行動，驅使他們超越自己；他們去克服困難，不一定是爲了得到困難後面的什麼東西，往往只因爲困難的克服可以反證他們的生命。在別處康拉德寫少年人如何駛一艘老舊的破船，拖著蝸牛慢步運半船不值錢的煤斤，後來煤斤自燃，船也燬了，但少年人回憶起來沒有什麼遺憾：在這裡他又寫少年人，身分是個俄國大主教的兒子，卻跑到非洲林中探險，衣服補綻得像個馬戲班的小丑，象牙也不在乎，危險也不懼怕。他要的是一塊原始蠻荒的土地來闖，來與他蓬勃的生命共舞，這塊土地越是困苦艱難和危險便越好；物質利益是滿足不了他的，精神上的提升倒可以。因此，庫爾茲的概念與理想——那些對於他自己已經失去作用的東西——便給這個青年極大的鼓勵，他興奮得對庫爾茲的敗行全都視而不見，而為了救護這個沉痾不起的偽善人，他甘冒殺身之險，日夜在他營地旁徘徊。

講故事的馬洛對這年輕人是完全了解的，因為他自己也還保有青春的衝動，自己也同樣受庫爾茲的吸引。他自言在旅程中越來越渴望與庫爾茲相晤，心中最大的恐懼便是屆時見不到這個人物；他動身以後遇到許多事，精神受到很大壓迫。他所服務的機構，張著人道文明的大旗做幌子，不但對非洲土人極盡掠奪屠戮之能事，就連自己白人也不當人看待。同事們說了幾句假惺惺的陳腔濫調之後便爭權奪利，互相傾軋，而且採一種心照不宣的態度，假定大家所求不外如此。馬洛受不了這種虛偽；在他年輕的心中，虛偽有一股死亡腐爛的氣味。還有一樣使他大生反感的事，就是機構的人員辦事低能。他們只會寫公文，卻既不會弄些稻草來製磚，也不會叫郵差帶一些在海岸的商站中遍地都是的鉚釘來修補汽船。這些人真是那麼笨嗎？不是的，只是他們做事不認真，在那裡虛應故事。在康拉德心目中，做事踏實是很要緊的；他把這一點從實用效率的層次提高到道德的層次，認為人若為了什麼原因——其為追求物慾、貪圖安逸，或受了空想浪漫的念頭支配都好——而對眼前工作不悉力以赴，那就不僅要生出流弊，還要生出罪惡。康拉德筆下的真正英雄好漢是耐勞實幹的人，他們的想頭很少，並沒有多少才華可言。了解這道理，我們才會明白爲什麼在《黑心》裡，馬洛與那俄國青年都深受那本討論一些船舶機械的舊書所吸引：他們在那個滿目只見愚昧、慾望與虛僞的環境裡，忽然看見一個人在很認真地對付一個實用問題，他們感動之餘，覺得這本毫無文采的小書簡直要發出聖潔的光輝。馬洛敘述他的輪船被土人襲擊時，也在強調這一點：那些被他輕蔑地稱爲朝聖者的白人職員在船上生出種種衝動情緒，恐懼、疑惑、凶惡之心一一大起，又說了許多蠢話責怪馬洛，但馬洛讓我們看見，這船之所以能脫險，皆因是他一個人——加上燒火看舵的黑人之助——始終認真在駕駛著。

故事的主角庫爾茲，既能以他的思想鼓舞這許多人，何以自己卻不能免於墮落呢？這便把我們引到這小說中心處的衝突。衝突的雙方是理想與慾望；用中國從前的話來說，即是天理人慾的問題。依康拉德的看法，這兩者之中，慾望是更自然、更基本、更有力的一個，它潛藏在人心中，與原始自然相呼應，具有無堅不摧的大能。小說用黑暗來喻它：小說題目*Heart of Darkness*中的*darkness*，指的就是它。整個小說的幽暗色調，也是爲隱喻這種勢力而設：我們看見非洲固然黑，但文明的歐洲，乃至倫敦之旁泰晤士河口，都有大片黑暗。普通人平常是怎樣抵抗這黑暗勢力的呢？康拉德說，主要是憑著文明秩序之助。在文明社會裡，一切上軌道，慾望便不致太猖獗；用馬洛帶著冷笑的話來說，我們有兩個地址（工作場所與住宅），街頭有家肉店，街尾有個警察，又有鄰人會批評，當然容易講道德。有了文明秩序之助，天理便可以戰勝人慾。小說中的女性——庫爾茲的未婚妻和馬洛的姑媽——都能活在理想的光輝中，皆因她們都居住在文明社會裡，而且處身上層，不愁衣食。可是一旦離開文明社會，去到蠻荒之地，情形便不同了。這時，生存鬥爭是赤裸裸的，慾望也沒有了禁制，因爲連講閒話的鄰人也不存在了。到了這地步，人只能倚靠他本身的道德力量，倚靠他內裡的忠信。康拉德形容馬洛的船沿河進入黑暗大陸深處是重訪天地初開的世界，同樣的，文明人的心靈也重返原始狀態。庫爾茲這時就屈膝變節了。因爲他心中的黑暗與這黑大陸的黑暗招呼起來，而他本身的道德力量不足與抗。這種情形是康拉德最愛剖視的，他幾本名著的主角都被迫拿自己的忠信與危險或引誘對抗，往往都是悲劇下場。

庫爾茲也是一個這樣的悲劇人物。本來，依西洋觀念，一個悲劇人物須是個頗爲可敬的人物，他的身分、品質，或者才具須有超逾常人之處，但這個庫某有何可敬呢？他向黑暗臣服之後，雖然嘴裡還是講天理，行事卻只依人慾，應當只可算是個可鄙的人吧？

馬洛也的確鄙視他；馬洛說，為了救他，犧牲了在輪船上把舵的那個黑人，真不值得。但在另一方面，馬洛卻又一再說他是個了不起的人。為什麼呢？理由是這個人本來在才具和品質方面都是很高的。若沒有這才具與品質，他不可能說出那些崇高美好的想法，使一個個良善正直的人都傾倒。他死得極其痛苦，上船之後起先他還順著慾望想像富貴榮華，但彌留之時，回顧一生，憑著當年理想的餘光，看見自己已屈膝投降，喊出了「恐怖啊！」那句話。馬洛說，一般才資不逮的人，連他馬洛自己在內，死時甚至連這樣的總結也做不出的。

馬洛幾回說到庫爾茲的聲音，這是一點很重要的意思。這聲音與黑暗和光明，都是《黑心》的比喻，而且都是有來歷的。依《舊約．創世記》說，世界最初是一片黑暗混沌，上帝說要有光，於是有了光，此後才有種種創造；因此，西洋人常以光明來代表創造、秩序、文明。在《黑心》的開頭，馬洛和朋友們在河口等待潮轉，天色漸黑，他觸景生情，說英國不久以前也是一片黑暗，後來羅馬人才帶來光明，這意思是說羅馬人把文明帶來之前，英國只是草莽，並無秩序。但《黑心》中的黑暗也與聲音或言語相對待，前者指人慾，後者指天理。這個聲音的觀念大抵是來自古希臘的人logos的觀念，約略是道理之意，希臘人以為那是世界的重要基礎，聖經中「太初有道，道與神同在，道就是神」那幾句話，也是採了這個希臘觀念而寫成的。馬洛在旅途中那麼渴望聽到庫爾茲的聲音，就是因爲他一直只見到黑暗的蠻荒、愚昧和慾望，痛苦不堪，盼望聽到一些理想，使價值能夠創造出來。馬洛在泰晤士河口對朋友們談話時也說，文明的歐洲人到落後地區去，總不免有欺壓之事，若不是有些理念（指自由平等博愛以及文明進步等等），這種行動就一無是處了。由於庫爾茲變了節，他的言語也成了僞善人的言語，討讀者的厭；不過，我們不能以人廢言，庫某爲人雖虛僞，話還是好的。倘若不然，那俄國青年不會感動若是，不會目睹他的貪婪敗行而仍然敬佩如故。馬洛最後對庫爾茲未婚妻說謊來維持這老庫在她心中的印象，也是爲了要維持理想在人間的緣故。

康拉德講理想和道德的時候，並不講上帝。他是十九世紀至二十世紀的人，對神的信仰已經給進化論與別的現代學術毀壞了。信神的人——馬洛嗤之爲「眼中但睹玉殿金闕，耳裡只聆仙樂飄飄，捨此便不聞不見」，視世界爲天國的踏腳石而已——比較容易講道德和理想；若不信神而要有德，那便要靠自己天生的力量、內裡的忠信了，那當然是很難的。對於人的力量康氏沒有什麼幻想，因此他的小說都不怎麼樂觀。但是雖然不樂觀，他始終義無反顧，堅持著誠誠實實的人文理想，這是他感人之處。

康拉德作品集3
黑心

2006年10月二版　定價：新臺幣280元

著者　康拉德
主編　孫述宇
譯者　何信勤
發行人　林載爵

出版者　聯經出版事業股份有限公司
台北市忠孝東路四段555號
編輯部地址：台北市忠孝東路四段561號4樓
叢書主編電話：(02)27634300轉5054
台北發行所地址：台北縣汐止市大同路一段367號
電話：(02)26418661
台北忠孝門市地址：台北市忠孝東路四段561號1-2樓
電話：(02)27683708
台北新生門市地址：台北市新生南路三段94號
電話：(02)23620308
台中門市地址：台中市健行路321號
台中分公司電話：(04)22312023
高雄門市地址：高雄市成功一路363號
電話：(07)2412802
郵政劃撥帳戶第0100559-3號
郵撥電話：26418662
印刷者　雷射彩色印刷公司

叢書主編　張素華
校對　呂佳真
　　　吳淑芳
封面設計　李東記

行政院新聞局出版事業登記證局版臺業字第0130號

本書如有缺頁，破損，倒裝請寄回發行所更換。
聯經網址：www.linkingbooks.com.tw
電子信箱：linking@udngroup.com

ISBN 13：978-957-08-3065-1（平裝）
ISBN 10：957-08-3065-4（平裝）

國家圖書館出版品預行編目資料

黑心 / 康拉德著．何信勤譯．二版．
臺北市：聯經，2006年（民95）
168面；14.8×21公分．
（康拉德作品集：3）

ISBN 978-957-08-3065-1（平裝）

873.57 95018865

聯經出版公司信用卡訂購單

信用卡別：　□VISA CARD □MASTER CARD □聯合信用卡

訂購人姓名：＿＿＿＿＿＿＿＿＿＿＿＿＿＿＿＿＿＿＿＿

訂購日期：＿＿＿＿＿年＿＿＿＿＿月＿＿＿＿＿日

信用卡號：＿＿＿＿ ＿＿＿＿ ＿＿＿＿ ＿＿＿＿

信用卡簽名：＿＿＿＿＿＿＿＿＿＿(與信用卡上簽名同)

信用卡有效期限：＿＿＿＿＿年＿＿＿＿＿月止

聯絡電話：日(O)＿＿＿＿＿＿＿＿夜(H)＿＿＿＿＿＿＿＿

聯絡地址：□ □□＿＿＿＿＿＿＿＿＿＿＿＿＿＿＿＿＿＿

訂購金額：新台幣＿＿＿＿＿＿＿＿＿＿＿＿＿＿＿元整

（訂購金額 500 元以下，請加付掛號郵資 50 元）

發票：□二聯式　□三聯式

發票抬頭：＿＿＿＿＿＿＿＿＿＿＿＿＿＿＿＿＿＿＿＿

統一編號：＿＿＿＿＿＿＿＿＿＿＿＿＿＿＿＿＿＿＿＿

發票地址：＿＿＿＿＿＿＿＿＿＿＿＿＿＿＿＿＿＿＿＿

如收件人或收件地址不同時，請填：

收件人姓名：＿＿＿＿＿＿＿＿＿＿＿＿＿＿＿＿□先生 □小姐

聯絡電話：日(O)＿＿＿＿＿＿＿＿夜(H)＿＿＿＿＿＿＿＿

收貨地址：＿＿＿＿＿＿＿＿＿＿＿＿＿＿＿＿＿＿＿＿

・ 茲訂購下列書種・帳款由本人信用卡帳戶支付・

書名	數量	單價	合計
		總計	

訂購辦法填妥後

直接傳真 FAX：(02)8692-1268 或(02)2648-7859

洽詢專線：(02)26418662 或(02)26422629 轉 241

網上訂購，請上聯經網站：http://www.linkingbooks.com.tw